はげまして　はげまされて

93歳正造じいちゃん56年間のまんが絵日記

アッパー
アッパャー
アヤー
アヤー
まさひろ　ねぼけながら　あしを洗うの図
5月9日夜

竹浪正造

廣済堂出版

◉お断り

絵日記内の文章は、読みやすさを考慮して要約している場合があります。

また、判読ができず、さらに記憶に残っていない箇所については、割愛もさせていただいています。

日記によっては汚れの目立つ箇所もありますが、それはその時代の雰囲気を伝えるため、そのまま残してあります。

ご了承ください。

はじめに

昭和十九年に結婚し、その翌年に長女聖子《しょうこ》、次も女の子で良子《よしこ》、昭和二十七年に長男正浩《まさひろ》が誕生しました。

女の子に比べて、男の子はやっぱりワンパク。それをネタにして、昭和二十九年大晦日より描き始めたのが、この「まんが絵日記」です。以来、さまざまな出来事を描き続けて、今ではその大学ノートも二千三百冊近くになりました。

平成二十三年五月、テレビ朝日の「ナニコレ珍百景」にこの絵日記が紹介されました。それが縁で本書発刊となったのです。まさかこんなことになるとは思ってもいなかったので、読み直すことも、書き直すこともありませんでした。プライバシーのことや、誤字、脱字、文法上の誤りもあると思いますが、一切を出版社に任せ、発行することになりました。

ここにおさめたのは昭和三十年から現在までの、ごくありふれた「家族の記録」です。ご笑覧くだされば幸いです。

平成二十三年九月三十日

竹浪正造《たけなみまさぞう》

目次

正造じいちゃんの家族

〜主な登場人物〜

長女 聖子《しょうこ》

次女 良子《よしこ》

父さん（私） 竹浪正造《たけなみまさぞう》

〜お父さんはお人よし
来年お米が多かったらうんとお餅をつきたいわ
よくできたら東京に送ってやろうよ
夜の餅あみ風景
1月17日

母さん（私のワイフ） 禮《れい》

長男 正浩《まさひろ》

正造じいちゃんの孫たち

聖子の子どもたち

有紀《あき》（あっちゃん）

千春《ちはる》（ちーちゃん）

良子の子どもたち

淳《じゅん》

葉子《ようこ》

正浩の子どもたち

静枝《しずえ》

浩子《ひろこ》

妹子《まいこ》

正弥《まさや》

正造じいちゃんのひ孫たち

有紀の子／拓磨《たくま》（拓クン）

千春の子／香乃《かの》・清香《きよか》

浩子の子／啓《けい》・りな・郁《いく》

第一章

正浩三歳、いたずらざかり

～竹浪家、昭和三十年の春～

昭和29（1954）年12月～30（1955）年5月
正造じいちゃん、36歳の頃

長男の正浩も三歳になり、竹浪家もがぜん賑やかになります。
そんな毎日を記録しておこうと始めた絵日記でした。
昭和のとある一家族の、愉快で温かな物語の始まりです。

我が家の隊長

長男の正浩にふりまわされる日々でした

昭和29年12月

夕食後 新聞でも 読もうとすると すぐこれ…
とうさん 馬コ やびしー なァ とうさん てば！
ヤレ ヤレ
かあさんに やってよいか きいてごらん
かアさん 馬コ やて いーべ
始めのうちは ただ乗る だけで あったが…
そのうちに…！！

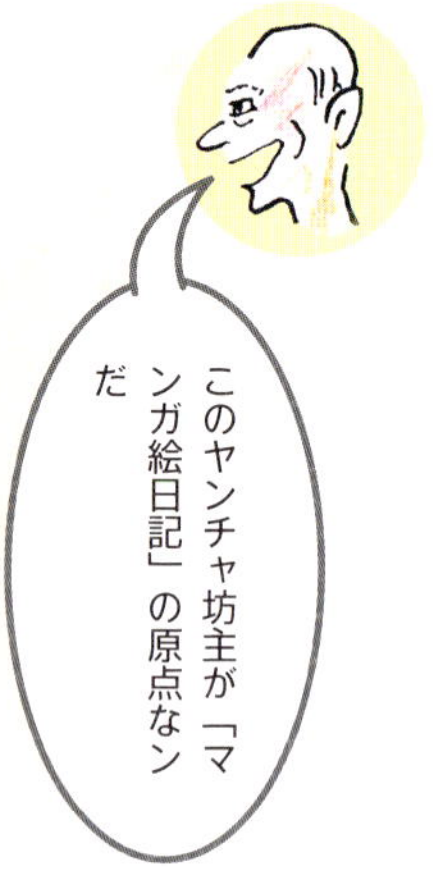
このヤンチャ坊主が「マンガ絵日記」の原点なンだ

夕食後、新聞でも読もうとすると、すぐこれ。正浩「とうさん、お馬さんやってー。とうさんてば」。父「かあさんにやってよいか聞いてごらん」。正浩「かあさん、お馬さんやっていーべ？」。母さんがだめだといっても一向にききめなし。そこで父さん、根まけして馬になる。はじめはただ乗るだけであったが、そのうちに……。

あたまにひもを結んでたづなと云う
しっしっ
我が家の隊長
おもちゃのバケツなんだと思ったら馬草だとさ…
さアさ馬コ

あたまにひもを結んで、たづなと云う。正浩「しっしっ」。おもちゃのバケツ。なんだと思ったら馬草だとさ……。正浩「さアさ、馬コ、食べな食べな」。

我が家のお正月

昭和29年12月31日〜昭和30年1月1日

大晦日

大晦日
十二月卅一日。（晴後小雪）
正浩 どうしても みかんを 食うと てきかない
会社から 貰って
また たった 一つの みかん である。
いくら なだめても きかない！ 泣く子と
地頭で とらせたが。 神さまの罰があたる
ぞと云うと どうしたものか 効果てきめん。
とることをやめた。

正浩、どうしてもみかんを食うと言ってきかない。会社から貰って来た、たった一つのみかんである。神さまの罰があたるぞと云うと、どうしたものか効果てきめん。とろうとするのをやめた。

元旦

かみさま ミカン けひ
正浩 再び ミカンを ねだる。
「神さまに ミカン けひ」と おが
みなさいと いうと。 みては いけな
いと 障子を ピッタリ しめて
ペコペコ あたまを さげ 「かみさま
けるたぢゃ」 という。

正浩、再びミカンをねだる。「神さまにミカンくれ」とおがみなさいというと、正浩は「みてはいけない」と障子をピッタリ閉める。覗いてみると、神棚にペコペコあたまを下げ「かみさま、けるたぢゃ（みかんをくれると言ったよ）」と言う。

昭和30年1月1〜2日

せいくらべ

こんどは 正浩の 番だよ
ややッ インチキだ

父「こんどは正浩の番だよ」。
正浩、背伸びする。聖子《しょうこ》（長女）「ややッ インチキだ、インチキだ」

毛糸の玉

まさに電光石火。正浩、毛糸の玉をみつけるや、みんなの頭や首にまきつけて得意満面。毛糸がいまにも切れそうで皆ヒヤヒヤ。いやはや悪童ではある……。

1月2日昼のこと。
まさに電光石火 正浩 毛糸のだまをみつけるや
みんなの頭や首にまきつけて 得意満面。
毛糸が いまにも切れそうで 皆ヒヤヒヤ。
いやはや 悪童ではある…

みんな揃って正月の記念撮影

なんとか行儀よくおさまってくれました

昭和30年1月1日

今日は嬉しい お正月.
しようこ
よしこ
まさひろ
1月24日(1月1日)

ヤンチャ坊主が姉さんたちと一緒に、めがし込んだときだバ

新春の団らん

恒例の春場所も開催

昭和30年1月3日

①

②

①正浩「シュッシュッ ポッポ」。父「やあ、無賃乗車が居る」。

②東 とうさん、西 しょう子（聖子）、行司 まさひろ（正浩）、呼び出し よし子（良子＝次女）。

父さんの炊事当番デー

母さん風邪引けば、父さん台所へ

昭和30年1月6日

母さん 風邪ひきのため。
父さんは 会社を休んで
炊事当番。
こわいもの みたし…。
茶ビツの中に バケモノが居ると
おどかす…。近よってみようとするが
いざ蓋をあけようとすると逃げる。
1月6日 雪。

正月明けに、こんなこと
もあったべが？

母さん風邪ひきのため、父さんは会社を休んで炊事当番。茶ビツの中にバケモノが居るとおどかす。正浩、こわいものみたさで近よってみようとするが、いざ蓋をあけようとすると逃げる。

吹雪到来

会社を休んで、子どものお守り

昭和30年1月7日

①

②

①零下８度という。こぼれた水がすぐ凍ってしまう。今日も会社を休んで、炊事と子供達のお守り。いやはや、女の苦労がみにしみました。

②聖子と良子に小学館の雑誌を買ってやる。附録の『のぞきめがね』、正浩が「しゃしん」と言って一向に手ばなさない。

疲れ知らずの正浩

相撲、ラジオ、新聞配達……

昭和30年1月8日

① 毎晩角力をとりわけ
今夜はどうしたはずみか
またぐらに入って 喜んでいる。
② そこで父さんは
「おがるぞ おがるぞ
ブッ ブッ」
と盛んに
口屁をはなつのである。
③
いつも父さんの手をわずらわして だっこされ、ダイヤルを
いじる。面倒くさいので
椅子にのせてやったら、
だろう。
④ 次は新聞屋である。
⑤ 母さんが
1月8日(土) 晴.

①毎晩、角力《すもう》（相撲）。どうしたはずみか、またぐらに入って喜んでいる。②そこで父さん「ブッブッ」と盛んに口屁をはなつ。③いつも父さんのだっこでラジオのダイヤルいじり。面倒なので椅子にのせたら、いつまでもいじっている。④次は新聞屋。⑤母さんが聖子のノドに薬を塗っている。正浩、そばでみて、「ゲッゲッ」。

久しぶりの快晴

泣いて帰宅するの巻

昭和30年1月9日

1月9日(日曜) 久しぶりに快晴
前々から頼んで屑りんご 知人から買い求め、橇につんで帰る。
行きはよい〱
帰りは・・・・
ところが 空箱を返すとき、桶屋の前の坂を急に引っぱって登ったので、三人共ひっくりかえって
正浩はワァンワァン泣いて帰宅する。

久しぶりに快晴。前々から頼んであった屑《くず》りんごを知人から買い求め、橇《そり》に積んで帰る。ところが空箱を返すとき、桶屋の前の坂を急に引っぱって登ったので、三人共ひっくりかえって正浩はワァンワァン泣いて帰宅する。

床とり時の慣例

寝る前にちょっと空中遊泳を

昭和30年1月11日

床とり時の慣例

ぼくは ゆうがた おとうさんが 床とるに ふとんを
押入れから とり出すとき、ふとんの上に のっかること
にしている。そのとき ぼくは とくゐになって うたを
うたいながら 空中旅行を たのしんで、ふんわりと
わらぶとんの上に なげとばされるのだが スリルがあっ
て まことに つうかいである。
ぼくの うたう うたは 非常に面白い うた だが
父さん たちには その意味がわからないといって
いる。こまった父さんたちである。 （まさひろ）
1.11.

ぼくはおとうさんがふとんを押入れからとり出すとき、ふとんの上にのっかることにしている。そのときぼくは、とくいになって、うたをうたいながら空中旅行をたのしむ。スリルがあってまことにつうかいである。おもしろい歌なのだが、父さんたちはその意味がわからないといっている。こまった父さんたちである。（まさひろ）

床屋帰り
聖子ねえさんのお仕置き

昭和30年1月20日

今日 床屋に行って
顔をきれいにてまたのだが
いたずらしたので聖子ねいさんに
ひげかつれてしまった、でもぼくは
とくいだったよ、
1月20日

毎日起きる“事件”を正浩になったつもりで書いたこともあったんだぇな

今日、床屋に行って顔をきれいにして来たのだが、いたずらしたので聖子ねえさんにひげをかかれてしまった。でもぼくは、とくいだったよ。

いたずらざかり

最後は力尽きて……

昭和30年1月20日

①
母さん、習字の紙 しわくちゃなんだけれど どうすればよい……
母さんが なおしてやりますよ
②
アイロンで のすと よいんだよ
③
ところが いたずら坊主が その紙をつかんで 隣の室へ ポイポイ
あれっ たいへんだ
④
叱られて ゴンボほり
バタ バタ
ウワン ウワン
⑤
なだめても やめんので 父さんに 暗い十畳間に なげとばされた
⑥
コックリ コックリ
やがて コタツに ひきもどされて しばらく なきじゃくって いたが まもなく コックリ コックリ
1月20日。

①聖子「母さん、習字の紙がしわくちゃ……」。②母「今、なおしてやりますよ。アイロンでのすとよいんだよ」。③ところがいたずら坊主がその紙をつかんで隣の部屋へポイ。聖子「あれ、たいへんだ」。④叱られてウワンウワン。⑤なだめてもやめないので、父さんに暗い十畳間になげとばされた。⑥やがてコタツにひきもどされて、しばらくなきじゃくっていたがまもなくコックリコックリ。

晴れ時々カミナリ！

必殺のおしりぺんぺん

昭和30年1月31日

ぼくは 今日 いらい 母さんに お尻たゝかれた。母さんが 買物に 行くのに ぼくを つれてゆかなかったから ぼくは てっていてきに はんこうしてやれと 玄関の 土間にころがって 足をばたばたさせて 大ごんぼを ほったのである。土間は連日の 雨雪で水がたまっていたもんだから、ぼくの ズボンは勿論尻までどろだらけ。ぼくは [illegible] 母の 顔に [illegible] 大ごんぼをほったのであるが 今日は [illegible] 失敗 いやはや母さんに

なぐられたのなんの

30ぐらいまでは覚えているが あとはどれぐらいかわからない。とにかく お尻が ムラサキに はれていたいのなんの。 その晩母さんは [illegible] を [illegible] に 行ったが ぼくは つれて行ってもらうのを やめて 父さんたちとすごした。ぼくにとっては ひどい日であった。 1月31日。

えらく母さんにお尻をたたかれた。母さんが買物にぼくをつれてゆかなかったから、ぼくはてっていてきにはんこうしてやれと玄関の土間にころがって足をばたばた。ぼくのズボンはどろだらけ。いやはやなぐられたのなんの、30回くらいまでは覚えているが……。お尻がムラサキにはれていたい。ひどい日であった。（まさひろ）

お供え餅、紛失事件！

犯人は誰だ？

昭和30年1月21日

おそない
粉失事件!!
犯人はぼくである
今朝は餅つき。
正浩朝から食えすぎて
夕方には はき出す仕末。
やっと下剤をのましたら
二回くだって
翌朝ケロリ…
現金なやつ…
1月21日.

今朝は餅つき。正浩、朝から食いすぎて、夕方にははき出す始末。やっと下剤をのませたら二回くだして翌朝ケロリ。現金なヤツ……。

正浩のじょっぱり

銭湯もおちおち楽しめぬ

昭和30年1月22日

永らく風呂に入ってないから
良子と行くことにしたら
正浩がオラも行くといってきかない
それで仕方なくつれていったら・・・

最初のうちはよかったけれど
あきて来たのか
父さんがまだ髪も
洗ってないのに出るといって
きかない・・ それで
さきに着物を着せて
やる。
1月22日

こんな息子でもワシの背
中を流してくれる日がく
るンだもナ

永らく風呂に入ってないから良子と行くことにしたら、正浩がオラも行くといってきかない。それで仕方なくつれていったら……。最初のうちはよかったけれど、あきて来たのか、父さんがまだ髪も洗ってないのに出るといってきかない……。それでさきに着物を着せてやる。

正浩の誕生日

甘いドーナツは夢の中で

昭和30年2月25日

正浩の誕生日、夕食後 皆で ドーナツ造り
但し 張本人の 正浩、既に 炬燵でグーグー
正ひろのチンチンみたいのが出来た
グーグー

2月25日、正浩の誕生日。夕食後、皆でドーナツ作り。但し、張本人の正浩、既に炬燵《こたつ》でグーグー。聖子「正ひろのチンチンみたいのが出来た」。

家族でお出かけ

最後はやっぱり泥だらけ

昭和30年2月27日

2月27日 日曜日，今日は 家揃って弘前へ行く。

①今日は、家族揃って弘前に行く。

かあさんのほしがっていたコート 着てみてまんざらでもなさそう

②かあさんのほしがっていたコート、着てみてまんざらでもなさそう。

正浩の帽子を 買ってやる。

③正浩に帽子を買ってやる。

④正浩、易者の言葉に気味悪くなったか、「早く行こう」と父さんの手をひっぱる。

⑤500円のバスを正浩にせがまれ、代わりに100円のバスを買ってやったが、すぐにサイレン部分をはがしてしまった。

こまったもんだ
だだっ子 正浩
¥500

⑥国（かくはデパート）の食堂が混んでいたので、となりの錦水食堂でしなそば食べる。

国の食堂が混んでいたので となりの錦水食堂で しなそば たべる。
本日のメ
やきめし
ライスカレー
しなそば

⑦百貨店の五階は子供の遊び場。
正浩、自動車が急回転する度に
こちらをふりかえって、ニヤリ。

⑧かえり道。どうしたはずみか、
よっちゃん（良子）、水たまり
にペチャン。オーバーもズボン
も水びたし。

父さんを駅までお迎え

なぜかシャベルを買って帰る

昭和30年3月7日

きょうはみんなで とうさんを えきまで おむかいに ゆきました。かえりに とうさんは やまげん から ショベル 1ぽん かいました。380えんだそうです。

3月7日

きょうはみんなで、とうさんをえきまで、おむかえにゆきました。かえりにとうさんは、やまげんからシャベル1ぽんかいました。380えんだそうです。

我が家に洋服箪笥がやって来た

早速、正浩の隠れ家に

昭和30年3月13日

洋服たんすを買う。値切って12500円也。近所から橇《そり》を借り、母さんと二人で運ぶ。

洋服たんす買う
値切り 12500円也
近所より橇を借り
二人で運ぶ
この日、朝から小雨
夕方ようやく晴る。

正浩、よきかくれ家とばかり……。

正浩
よきかくれ家
とばかり…
13日

今じゃひ孫の郁クンが、正浩と同じようなことしてるっきゃの

工事現場に興味津々

家作りの邪魔するヤツがいる

昭和30年4月3日

①今日は晴天。朝、松林さんに来て貰って外線工事をしていただく。

柱に比べてスイッチがバカー大きいね

②父さん、張り切ってお仕事。垣根造りに下水道造り。

こらッ

③正浩、せっかくはった電線をゆすぶる。罰として小屋に入れられ、かぎをかけられる。

雨の日のやんちゃ坊主

窓から小便はやめなさい！

昭和30年4月16日

①雨降りなのに外に出て叱られる。そこで、家の中からこんなぐあいにしてあそぶ。（正浩）

②ぼくはもっぱら、こんなぐあいにして用をたしている。

③正浩、窓から小便すると、ごんぼをほる（だだをこねる）。とうとう父さんに足をしばられ、お尻をたたかれる。

母さんにプレゼント

ありがたくない物もある

昭和30年5月8日

正浩「かあさん ほゝづき…」
母さん「ギョッ」
それは夕夜 涌井の 鉱山さんが とどけてくれた「きんちゃく草」なのである。
五月八日

子どもは、ギョッとしながらも笑ってしまうことが多いんだばて

正浩「かあさん、ほおづき」。母「ギョッ」。それは、昨夜、涌井の鉱山さんがとどけてくれた“きんちゃく草”なのである。

第二章

今日も竹浪家に笑い声が響く

～母さんと子どもたちとの賑やかな日々～

昭和30（1955）年5月～33（1958）年7月
正造じいちゃん、36～40歳の頃

笑ったり、泣いたり、怒ったり。ときには家族揃って、ほやの毒に苦しんだり。まんがのネタには事欠かない日々でした。

東北の春

干餅で一服が一番

昭和30年5月8日

春のどか!
野良仕手の一服.
正浩 干餅 をもってきてくれる.
5月8日.

昔食べたあの甘～い干餅。
今はもう味わえないのが
寂しぐでの

春のどか。野良仕事の一服。

正浩（長男）が干餅（76ページ参照）をもってきてくれる。

今様カチカチ山

特効薬はメンソレタム

昭和30年5月10日

聖子《しょうこ》（長女）、風呂に出かけたのはよいが、友達に背中を軽石でこすられて、いたいと泣いて帰る。父さんが背中にメンソレタムぬってやる。

電化製品がやってきた！

昭和30年6月13日・14日

ボクの声ってこんな声!?

テープレコーダーにみんなの声を録音して、大笑い。

電動式ミキサーを買う

これでジュースが作れるんだって。

晩御飯のおかず？

どじょうが飛び出して大騒ぎ

昭和30年6月26日

日曜日、草刈をしている横で、
聖子たちは終日どじょうとり。

夜、小屋のバケツに入れていた
どじょうが飛び出して、大騒ぎ!!

怖ろしきはほやの毒

こんなときまで仲良し家族

昭和30年6月24日

24日.
夕飯喰べた ほやの中毒
一家全めつ.

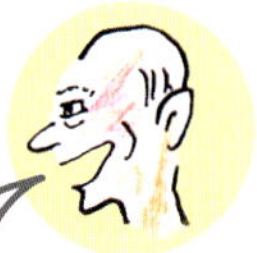
ほやは青森の名物。大人も子どもも大好物なンだがの

夕食で食べたほやの中毒で、一家全めつ。

おこりんぼう

さあ、怒っているのはどっちだ？

昭和30年8月

正浩、かんづめを食うと、きかない。母さんがとめると、畑にポイポイほおってしまった。

あとでかんづめを探すのが大変。四つも投げられていた。見かねて父さん、雷を落とす。

聖子と父さん、岩木山に登る

雨ニモ負ケズ、風ニモ負ケズ

昭和30年9月11日

①聖子（小四）と二人で岩木山に登ることに。朝五時二十五分、鶴田を出発す。

②朝食後、いよいよ登山。高地であるせいか、雨が降ったりやんだり。

③「あともう一息！」下山してきた人たちが、聖子をはげましてくれた。

④ここが噴火口。

⑤石にすがりつきながら登る。小石がころころと転げ落ちる。霧雨、それに風も強し。

⑥十時四十分。ついに頂上！風強く、霧雨しぶいて寒し。

⑦休憩所があったが、汚れていて弁当を開くわけにもいかず外で広げる。酒二、三杯飲むが、なんの感覚もナシ。お吸い物を二杯注文。一杯三十円なり

⑧寒いし景色も見えない。早々に下山。よくまア登ったものとびっくりする程、急な崖道。聖子、オッカナビックリ。

只今 帰って来ました
まァ ほんとによく登ったもんだね

⑩一時四十分、宿に帰着。さあ、温泉で暖まろう。

⑪七時頃、無事家に帰る。

されば
こんな夢も 生れたり.

⑨されば、こんな夢も生まれたり。

新しい自転車の儀式

お向かいさんは、不思議顔

昭和30年10月18日

10.18
かねて注文の婦人用自転車とどけらる。

かねて注文の、婦人用自転車とどけられる。

自転車の魂入れ
むかえの二階ではなにごとならんとふしぎな顔…

自転車の魂入れ。むかいの家の二階ではなにごとならんとふしぎな顔。

新車、といっても自転車の安全祈願だよ。今の人はやらねぇべの

利口なネズミ

死んだと思って扉を開けたら……

昭和30年10月14日

ネズミ捕りの中のネズミ、まだ死んでないや。

やっと死んだ。あれっ、逃げちゃった!!　死んだフリだったんだ！

聖子の自転車初乗り

一人で乗れて嬉しそう

昭和31年7月3日

聖子　ようやく
自転車をふめるようになる.

7月3日.

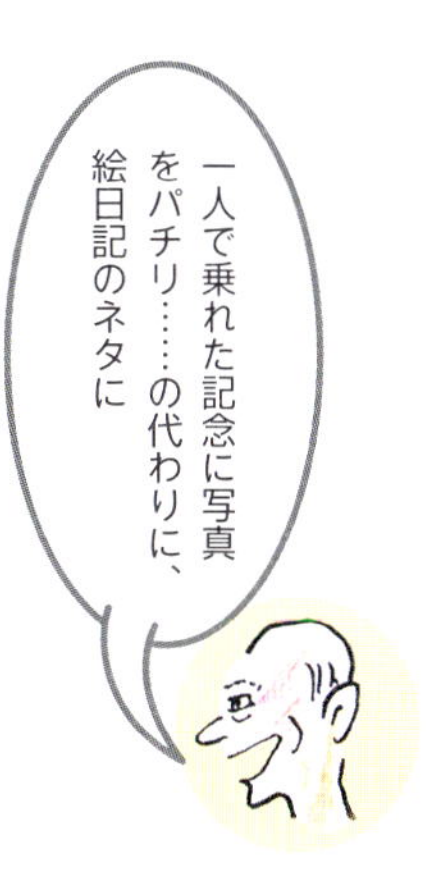
一人で乗れた記念に写真をパチリ……の代わりに、絵日記のネタに

聖子、ようやく自転車をふめるようになる。

なまずもフナもごちそうでした

昭和31年10月

なまず編

正浩が網ですくってようやく捕まえた、なまず。

「父さん食べて〜」

正浩がとって来た「なまず」

フナ編

正浩の捕ってきた、フナ。「ボクが料理するからね!」

遊びの天才

昭和31年10月7日

正浩、地蔵になる

正浩地蔵。遊び相手もなく、空箱に収まったりして一人で何かしている。

昭和31年11月5日

正浩、デベソになる

正浩、ズボンのおへそ部分がやぶれて、「ほら、大きなデベソ!」

クリスマスプレゼント広げて笑顔の三人

正浩、お古のかばんに満面の笑顔

昭和31年12月26日

聖子にはかばん。良子《よしこ》（次女）にはふで入れのプレゼント。
正浩は、聖子のお古のかばんをかついで大得意なり。

さて、大きくなったかな？

昨年付けた柱の印と比べてみよう

昭和32年1月

身長しらべ

いずれこの柱に、孫の背たけの印が刻まれるとはな

新年恒例の身長しらべ。

正浩、風呂屋から裸足で脱走！

入れば気持ちいいのに

昭和32年1月6日

①正浩、炬燵《こたつ》でうたた寝。風呂に行こうと無理に起こす。

②おんぶして風呂屋へ。正浩「行かねぇ行かねぇ」とさわぐ。

③なだめて叱っても「風呂には入らぬ」という。

④そして、はだしで家に帰ってしまった。

福はうち　鬼はそと

食べていいのは歳（とし）の数だけだぞ！

昭和32年2月4日

父さんが撒いた豆を、ひろって食べて大騒ぎ。

毎年恒例、我が家の干餅づくり

昭和32年1月31日

共同作業

父さんと母さんの共同作業で干餅作り。

昭和32年2月9日

ボクの大好物

甘～い干餅、早く食べたいなぁ。

街にテレビがやってきた

でも、見えたのは人だかりでした

昭和32年3月24日

坂本ラジオ店の前は、ものすごい人だかり。

函館開局により、西北地方にテレビ初公開。大相撲春場所をみんなで観戦

正浩「人がいっぱいで見えないよー!」

夜の街角で泣く正浩

ボク、泣いてないもん！

昭和32年7月22日

言うことを聞かない正浩。さんざんお尻をぶたれて紫色となる

夜の街角、泣いて歩く。

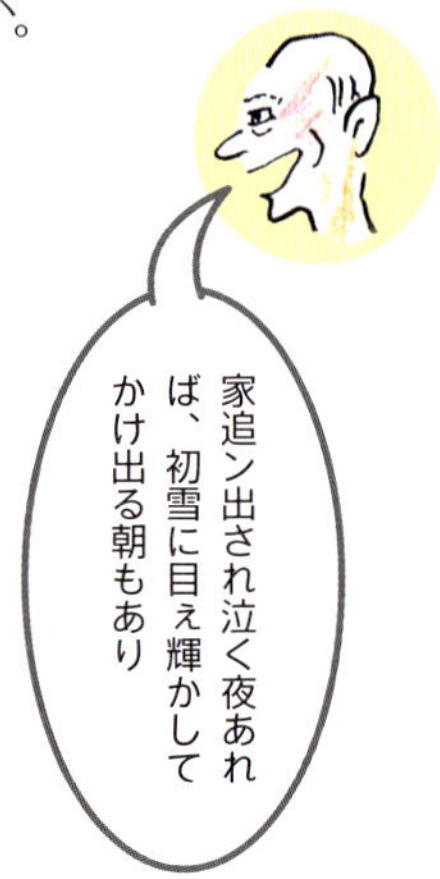
家追ン出され泣く夜あれば、初雪に目ぇ輝かしてかけ出る朝もあり

初雪

正浩よろこび、庭かけまわる

昭和32年10月18日

正浩、大喜びで犬ころのように表にかけ出る。

父さん、ちょっと反省

正浩のいたずらかと思ったら……

昭和32年11月17日

とつぜん 頭にゴツン
いたづらがひどすぎる。
このやろう と正浩の頭をゴツン、そーして
正浩を土間に投げつける。
後で聞いたら あやまって
ぶつかったんだという。
気の毒なことを一ちと
後悔…
11.17日(日曜)

とつぜん、頭にゴツン。正浩のいたずらがひどすぎる。「このやろう」と、正浩の頭をゴツン。そして正浩を土間に投げつける。後で聞いたら、あやまってぶつかったんだという。気の毒なことをしたと後悔……。

あれれ⁉ こんなに太った？

やっぱり正浩のしわざでした

昭和32年11月22日

11.22.夜
体重は、夕食後なだけに十五貫
とみるくうちに二百、五百、一貫と
ふえて十七貫、はて、こんなにふえる
筈はなし、はかりのくるいかと思っ
たら、あにはからんや正浩が後
から足をのせて
いたという
わけだっち。

体重は、夕食後なだけに十五貫《かん》（約五十六キログラム）。……と、みるみるうちに二百（匁《もんめ》）、五百（匁）、一貫とふえて、十七貫に。はて？　こんなにふえるとは。はかりのくるいかと思ったら、あにはからんや、正浩が後ろから足をのせていた。

もうすぐ一人で自転車こげるかな？

とうさん乗っけて走ってごらん

昭和33年6月17日

正浩が とうさんを
自転車にのせて ペダルをふむ。
6.17

正浩がとうさんを自転車にのせてペダルをふむ。

生まれて初めて見た人工衛星

澄んだ夜空だから見えたんだね

昭和33年7月13日

人工衛星、上空をとぶ。生まれてはじめて見たというわけ。夜８時半頃。

猛特訓（?）の甲斐あって

一年後、自転車に乗れて大得意

昭和34年6月

正浩
ようやく
自転車
乗れるように
なり
大得意なり

あれからちょうど一年経って、乗れるようになったンだな

正浩、ようやく自転車に乗れるようになり、大得意なり。

第三章

巣立ちゆく子どもたち

～子どもたちの入学、卒業、結婚～

昭和37（1962）年1月～46（1971）年5月
正造じいちゃん、43～52歳の頃

竹浪正造
わが家ヘビー級順位．父さんビリから2番目に転

うしにひかれてゆこうよ
家計
今年もよろしく
竹浪正造
元旦

まだまだ子どもと思っていると、あっという間に大人になってしまうのが我が子というもの。それぞれ家庭を持つまでに成長しました。

賀正
一月一日
竹浪正造
（午年生れの馬力を試すすねかじりども）

電話って、どうやって使うの？

壊れているのかな？

昭和37年1月6日・8日

我が家に電話機がやってきた。早速繋いでみたが、ベルはなるけれど通話が全然だめ。子どもたちも大いに楽しみにしていたのに……。

よくよく聞いたら、壁掛けの電話機なので、立てなければ聞こえないとのこと。やれやれ。

良子の高校入試

玄関でフレーフレー

昭和38年3月11日

良子を駅まで見送った母さんは、ハラハラしてたんだろナ

良子《よしこ》（次女）、今日と明日、弘前中央高校入学試験。聖子《しょうこ》（長女）、付添え。かあさん、駅まで見送り。

小生、玄関でフレーフレーガンバレガンバレ。でも、のんき性の良子は今朝もぎりぎりにホームにかけこむ。

子どもたちと海へ

海辺でおにぎり、パクパクパク

昭和38年8月

聖子と良子、余った日焼け止めクリームを父さんの顔にぺたぺたぺた。どうらん化粧した役者の顔になって、大笑い。

良ちゃん人魚の図。波がかぶさるので、こわごわの人魚である。

昼食。大きなおにぎりを二つずつ、うまいうまいと食べる。おなかいっぱいにつめこんで、にわかに落ち着いた感じ。

女心花盛り

まだ子どもだと思っていたのに……

昭和38年12月11日

年賀状。ガリ切りする。女の髪の画き方がなってないと、女どもから抗議受ける。

聖子、成長の記録

昭和39年3月

初めてのパーマ

聖子、高校卒業を機に生まれて初めてパーマをかける。

「父さんどう?」と、お目見えでギョッ!

昭和41年3月12日

女ばかりの卒業式

女学校の卒業式に男が出席するのは、チト照れくさい。でも行ってみたら案外、男が多くて安心した。娘と二人で街を歩くのも久しぶり。

雨の日の花火

たまには母さんと二人きりで

昭和42年8月14日

雨の中の花火大火 つるたまつり フイナーレ 8.14

雨の中の花火大会。つるたまつりフィナーレ。

良ちゃんにせがまれて

こちらではアンズのことも梅と言います

昭和45年7月26日

良ちゃんに
せがまれて
夜梅の実
をとる。
赤く色づ
いているが
まだ硬
かつた

梅（アンズ）は甘いから、良子もよほど食べたかったんでねぇが？

良ちゃん（良子）にせがまれて、夜、梅（アンズ）の実をとる。赤く色づいているが、まだ硬かった。

娘の膝枕もまた楽し

でも、耳からでっかい耳くそが

昭和45年9月7日

良子の膝枕で 耳くそとってもらう
いい気なもんだよ.
大きな耳くそが
でて来て.
一同オドロキ
父さんの耳きかず
になったのは この
せいだよと 大はし
ゃぎ
9.7

良子の膝枕で、耳くそをとってもらう。いい気なもんだよ。大きな耳くそがでて来て、一同オドロキ。父さんが耳きかずになったのは、このせいだよと大はしゃぎ。

聖子の結婚

嫁入り道具を披露

昭和45年10月

帰宅すると、家の中には今日届けられた聖子の嫁入り道具がところせましと積まれていた。近所や親戚の人たちも、日中見に来て応対が大変だったとか。

昭和45年10月31日

式場は成田山

聖子が到着したときは、あいにくしのつく雨。花嫁さんが、裾をはしょって社務所にかけこむ。

ムコ殿、足がしびれる

式の最中は膝を折りっぱなしだったので、男たちは足がしびれ容易に立ち上がれない。ムコ殿は鴨居にぶら下がり、「この手を離すと俺はぶっ倒れる！」。ほかの男たちも回復するまでテンヤワンヤ。

娘からのプレゼント

なぜか目頭が熱くなる

昭和46年2月27日

良ちゃんから 私へのプレゼント
タイガーアイの カフスボタン
と ネクタイ ピン

定年退職の記念だったかな？　立派なプレゼントくれだもんだナ

良ちゃんから私へのプレゼント。タイガーアイのカフスボタンとネクタイピン。

長男正浩も社会人に

世間の荒波に立ち向かえますように

昭和46年3月4日

正浩電波高校を卒業。いよいよ今日から社会人
このトリ、少々太りぎみなので、学生岩をとび出した
のはよいが 無事 社会の荒波をのり越えること
ができるか。
卒業証書
学生
社会
3.4

長男の正浩、弘前電波高校を卒業。いよいよ今日から社会人。このトリ(鳥)、少々太りぎみなので、学生岩をとび出したのはよいが、無事、社会の荒波をのり越えることができるか。

良子の結婚

昭和46年5月29日・30日

身体に気をつけて二人仲よくな…
これからもしあわせにね
父上 母上 永いことおせわさまになりました

明日はいよいよ……

良子が嫁ぐ日の前夜。しかし案外、普段とあまり変わらないものだった。風呂を沸かし、4人での最後の夕食。

この女性は誰だったかなァ
?
5.30

ところでアンタ誰?

私に話しかけるご婦人、ご年配（30過ぎ）に見える。私の参列者の中に、この世代の人はいないはず。しかし、やけに親しげ……と思ったら、なんと聖子であった。お化粧したらかわりにかわったというものの、わが娘を忘れるとは、とんだ無責任な親と自責。

結婚式、中断のワケは!?

忘れて来た誓詞
結婚の式も次第に進んで、神前に二人が
誓詞を朗読する段になったが
なんとそれを書いた紙を部屋に忘
れて来てしまったというのである。
誰も気がつかなかったとはうかつ。
兄が急いでとりにゆき、その間
式は中断となる。

式も次第に進んで、神前に二人が誓詞を朗読する段になったが、なんとそれを書いた紙を部屋に忘れて来てしまったというのである。誰も気がつかなかったとはうかつ。兄が急いでとりにゆき、その間、式は中断となる。

コラム

あの頃をふりかえって

～正造じいちゃん（九十三歳）と正浩（五十九歳）の会話より～

編集部　絵日記の中に「干餅」って、よく出てきますね（6ページ、34ページ）。

正浩　ああ、俺が子どもの頃はだいたい毎年作ってた。あれ、旨かったなぁ。

正造じいちゃん（以下、じいちゃん）　サッカリン（人工甘味料のひとつ）を入れてついた餅で作るから、甘くての。冷える夜、いったんお湯にひたしてから軒先に吊してナ。

正浩　今やサッカリンは使用に制限があるから、昔と同じあの甘さは、もう味わえないね。懐かしいなぁ。それと、ネズミのこと（44ページ）も何となく覚えてる。死んだフリして泳いで逃げるんだよ。ネズミって利口なんだな。

編集部　正造じいちゃんは、「まんが絵日記」を描く前もマンガを描いてたんですか？

じいちゃん　ンだ。昔は漫画家になりたかったけンど、ネタもないし、ストーリーを生み出す才能もないモンで、あきらめてサ。

正浩　でも昔、マンガの賞で入選したことがあったんだよな。

じいちゃん　第二次世界大戦中、満州鉄道の社員だったワシは、満州日々新聞社の「米英撃滅マンガ展」に応募したンだ。そしたら、その作品が入選してナ。賞品の盾が送られてきたが、その宛名が「正造」ではなく「正浩」と間違ってて……。

正浩　その間違えられた名前を、息子の俺に付けたわけだ。

じいちゃん　えらく気に入ったもんでな。将来結婚して男の子が生まれたら「正浩」とつけようと、そのときに決めた。

正浩　でも最初に生まれたのは女の子で、「聖子」。

じいちゃん　ワシは童貞、母さんは処女で結婚したこともあって、「聖子」と名付けたンだ。

正浩　そんなのここで言わなくていいっての！

第四章
孫の誕生
～我が子どもたちも親となる～

昭和46（1971）年9月～57（1982）年5月
正造じいちゃん、53～63歳の頃

子育て期の再来！　老体にムチ打って、孫たちのご機嫌うかがい。三家族が泊まりに来ると、それはそれは大にぎわいです。

初孫誕生！

軽いようでもあり、重いようでもあり

昭和46年9月10日

初孫との対面
出生 46.9.10.0.46
体重 2800 g.

娘の聖子は二十五で母となり、ワシは五十三で爺さまになったンだ

昭和46年 9 月10日、午前 0 時46分。長女聖子《しょうこ》の娘、有紀《あき》誕生。体重2800ｇ。

初めてのおんぶ

孫と二人だけの時間

昭和47年1月15日

娘の聖子夫婦がアッちゃん（有紀）を私たちにあずけて出かける。誰もいなくなったので、アッちゃんもよく眠り、目がさめても案外ご機嫌。初めて孫をおんぶしてみる。聖子はアッちゃんのことが気になってしょうがなかったと述懐していた。

大家族の人気者

孫とは、みんなを幸せにするもんだなぁ

昭和47年1月15日

アッちゃんは わが家の人気者であった
みんな 入れかわり たちかわり アッちゃんのご機嫌
うかがいするのである。
なにせ わが家は 大人が7人、3夫婦が同居である
おかげで 私は、4畳半の茶の間に 寝るという ハメに
なる。
1.15

アッちゃんはわが家の人気者であった。みんな入れかわりたちかわりアッちゃんのご機嫌うかがいするのである。なにせ（この日の）わが家は大人が７人、３夫婦が同居である。おかげで私は、４畳半の茶の間に寝るというハメになる。

ウンコが出た！

家族一同、愁眉を開く

昭和47年3月19日

よかった！
よかった！
よかった！
よかった！
3.19.

アッちゃんからウンコがでたとみんな大喜び。退院以来ウンコがなく、いつものように浣腸かけねば……と心配していたが、自力でウンコがでたというのでみんなひと安心。ヤレヤレ。「しゅうび」を開く（心配がなくなってほっとした顔になること）とはこのことか…。なんとか無事にそだってくれとはみんなのねがい。

あっちゃんとおじいちゃんは大の仲良し

昭和49年6月

あっちゃん、二歳

もうすぐ夏なのに、雪が降ってるよ。

昭和50年2月16日

三歳の冬

六畳間が私とアッちゃんの運動場となる。
おしょう伴する私はフラフラ。

「あっちゃんがオンブしてあげる!」……こちらがつかれるよ。

昭和50年2月23日

郵便ごっこ

小屋のフシアナに小枝を次々入れて、「ユービンで～す」

〒
小屋のフシアナに小枝を次々入れてユービンですよ。とうさくれ入れて…
2.23

屋根の上でタカイタカイ

屋根に上がってタカイタカイ。コワイコワイ……。

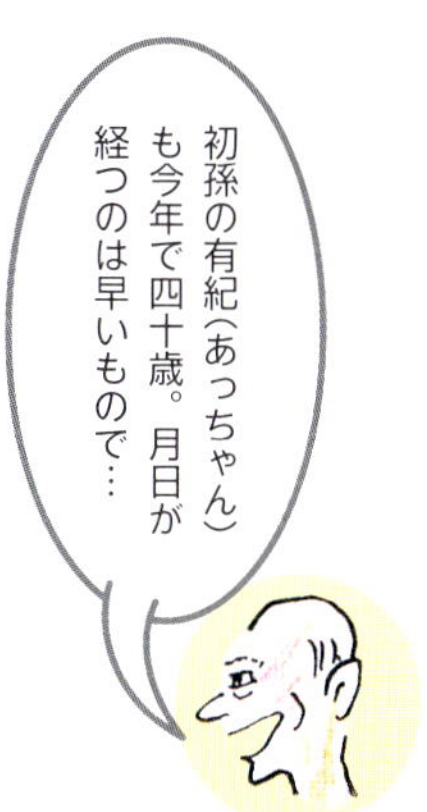
初孫の有紀（あっちゃん）も今年で四十歳。月日が経つのは早いもので…

五番目の孫、静枝の命名式

長男正浩にも長女が生まれる

昭和51年7月7日

長男正浩のところに赤ん坊が生まれ、折角のめでたい行事であるからと神棚のさかきを新しいのに取りかえてもらい、赤飯とお酒、そして私が半紙に「静枝」と書いてそなえる。みんなで交互にこの子のしあわせを祈り、このあと赤飯をたべる。なんの味つけもない赤飯で、白ごま塩をふりかけてたべるのである。

涼しい夏

かあさんと二人で大きな西瓜を

昭和51年8月25日

もったいないことだが
貰った大きな西瓜を二人で
たべる。たべきれるものでない。
今年は冷夏で西瓜は売れず、生産者は
赤字… ところが最近 関東方面の猛暑
で バカ値がついてるとか…
8.25

もったいないことだが貰った大きな西瓜《スイカ》を二人でたべる。たべきれるものでない。今年は冷夏で西瓜は売れず、生産者は赤字…。ところが最近、関東方面の猛暑でバカ値がついてるとか…。

長女の娘二人でソーラン節

孫の競演がいちばんのご馳走

昭和52年2月1日

あっちゃんと ちーちゃんの 大サービス
ソーラン節の ご披露で みんな大笑い
ヤーレン
そうらん そうらん
そうらん そうらん そうらん
ハイ ハイ
2.1

あっちゃん、ちーちゃん（長女聖子の次女千春）の大サービス。ソーラン節のご披露でみんな大笑い。

たまには静かな夜も

かあさんの背中からアカがボロボロ

昭和53年2月19日

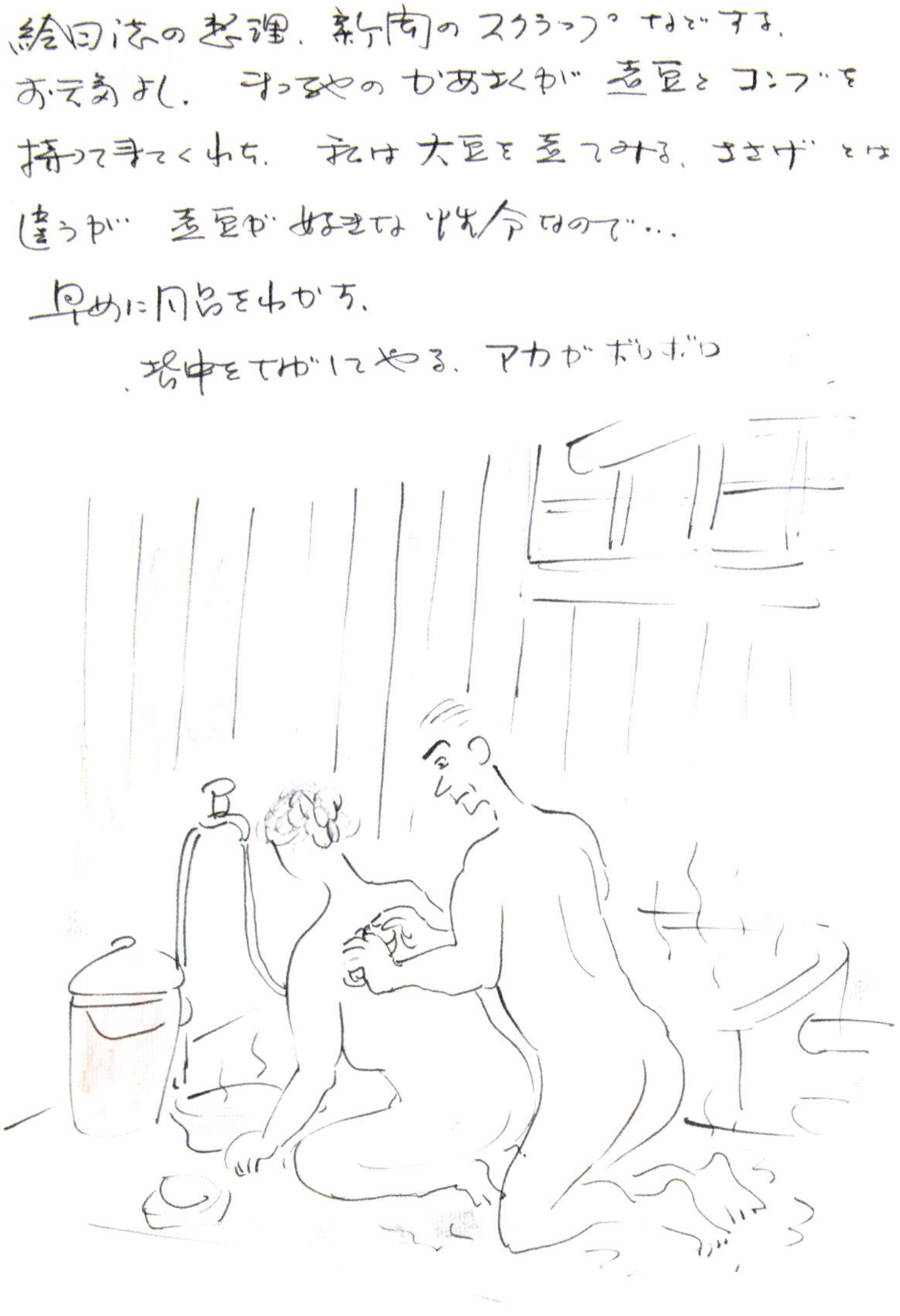
絵日誌の整理、新聞のスクラップなどする。
お天気よし。すっぽやのかあさんが煮豆とコンブを
持って来てくれた。私は大豆を煮てみる。ささげとは
違うが煮豆が好きな性分なので…
早めに風呂をわかす。
背中をながしてやる。アカがボロボロ

あンれあれあれ！ まさか人様に見せるとは思わねェがら（赤面）

絵日誌の整理。新聞のスクラップなどする。お天気よし。早めに風呂をわかす。背中をながしてやる。アカがボロボロ。

アッちゃんも小学一年生

昭和53年3月2日・3日

待望のランドセル

あっちゃん、待望のランドセルを背負う。大喜び。ちーちゃん、うらやましそう。

翌日は妹のちーちゃんが……

ちーちゃんがランドセルしょって、ずり落ちそうな格好ながら部屋の中を行ったり来たり。カラでは気分が出ないのか、絵本をいっぱい詰めてうんこらしょと右往左往。

僕はスイ仮面!!

かあさんもよく、そんなものを被った

昭和53年8月17日

かあさんが 西瓜のお面をつくり。じゅんちゃん
が被って みんな大笑い。記念に写真をパチリ
ついでに かあさんも被って パチリ。
8.17

かあさんが西瓜のお面をつくり、じゅんちゃん（次女良子《よしこ》の長男淳）が被ってみんな大笑い。記念に写真パチリ。ついでにかあさんも被ってパチリ。

孫がいる暮らし

昭和54年1月12日・13日

あっちゃんのフンドシ

わが家の春場所。あっちゃんのフンドシは私のネクタイ。私のフンドシはサンジャク（男物の三尺帯）。

あっちゃん、もう参ったよ！

朝、あっちゃんが私のフトンにもぐり込み、私の身体をコチョコチョ。こちらは悲鳴あげどうし。

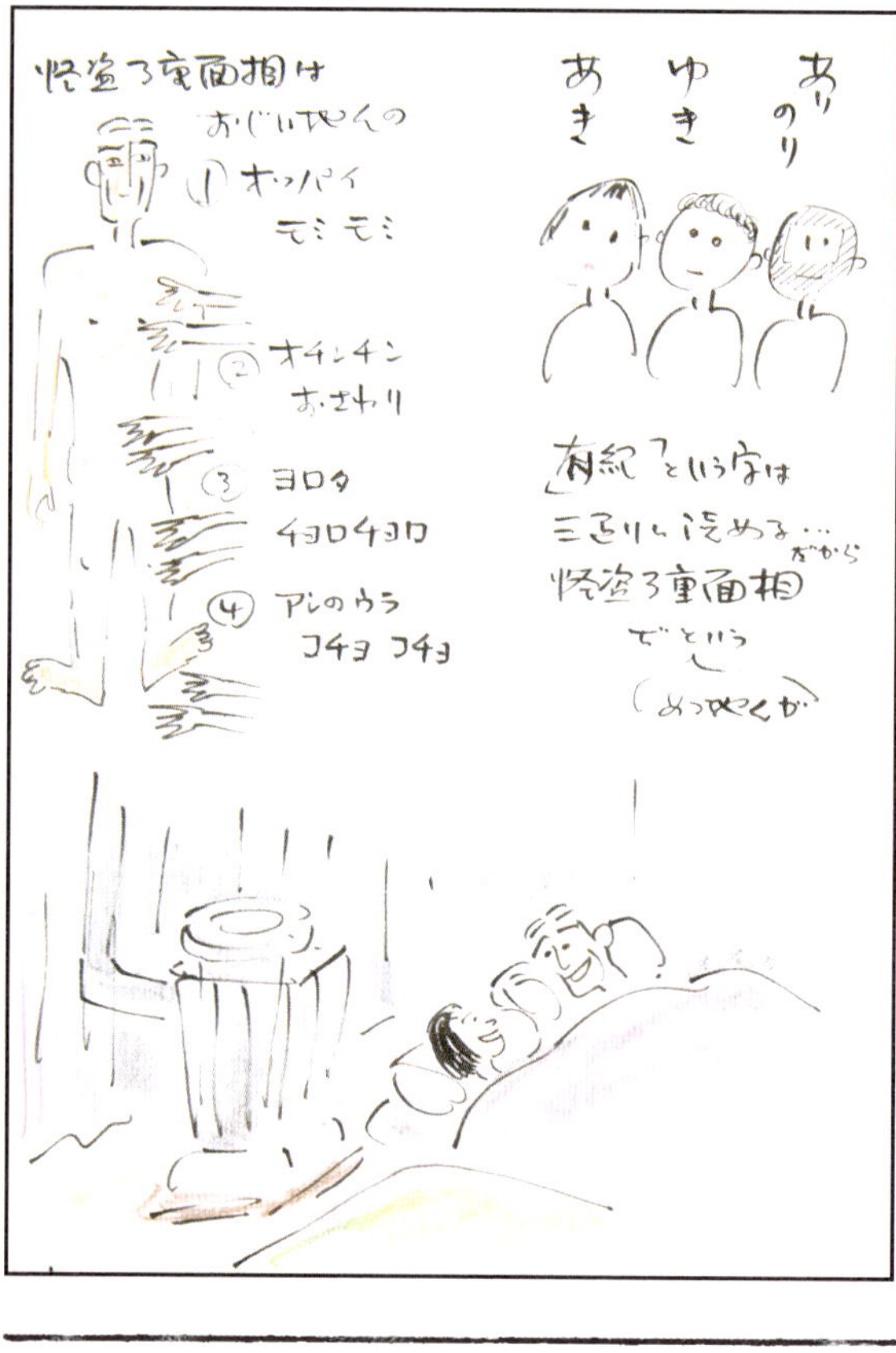

かあさんと二人で豆まき

鬼は私か、かあさんか

昭和54年2月3日

今夜は節分
聖子から貰って 鬼のお面と南京豆で
かあさんと私が 代る代り 鬼になって
「おにはそと、ふくはうち…」
鬼は外…
2.3

今夜は節分。聖子から貰った鬼のお面と南京豆で、かあさんと私が代わる代わる鬼になって「おにはそと、ふくはうち…」。

かあさんの耳なり

竹浪家流民間療法を試す

昭和54年2月4日

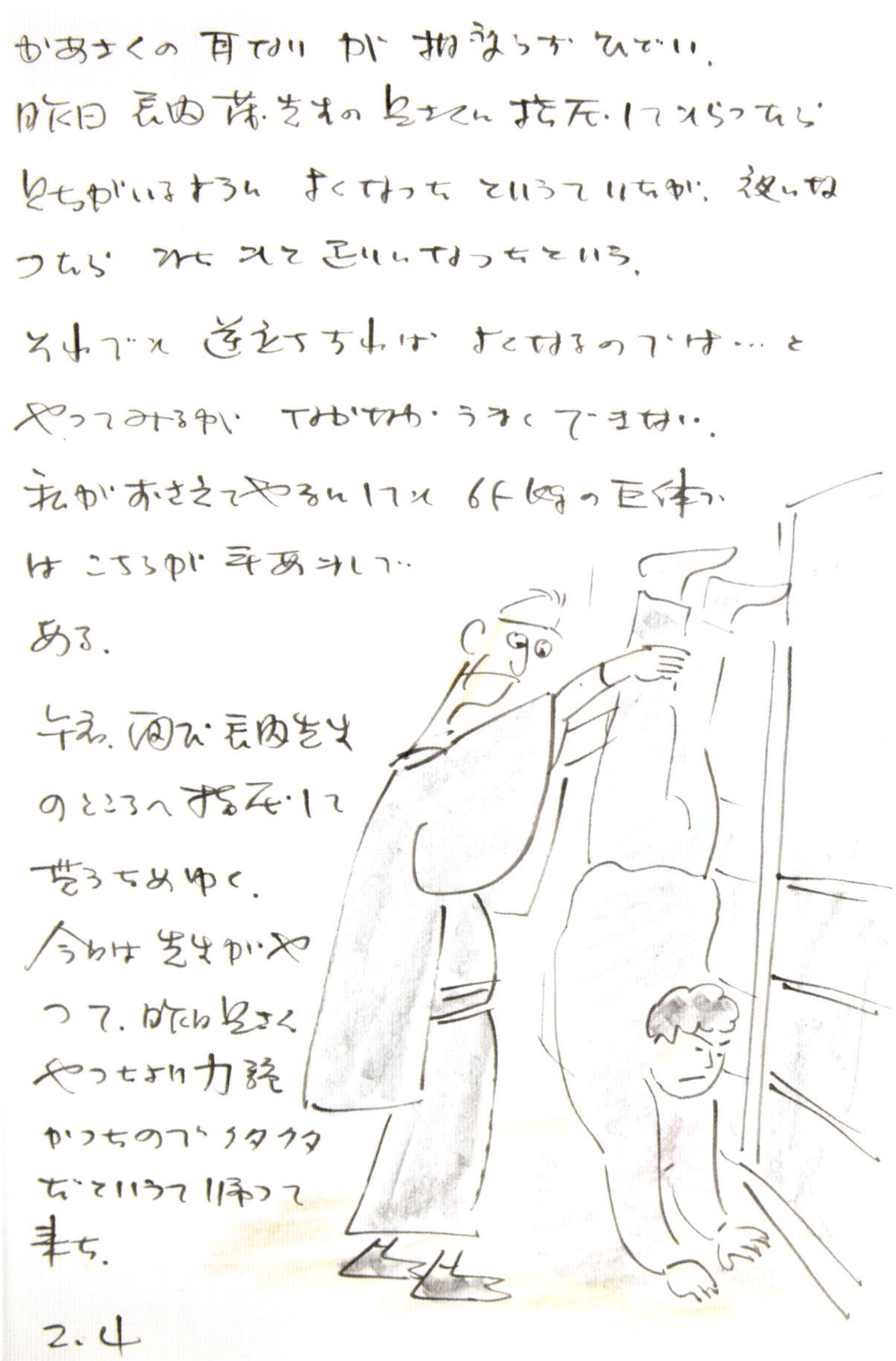

かあさんの耳なりが相変らずひどい。
昨日長岡藤吉先生の奥さんに指圧してもらったら
見ちがえるようによくなったといっていたが、夜にな
ったら又もとの耳鳴りになったという。
それでも逆立ちすればよくなるのでは…と
やってみるがなかなかうまくできない。
私がおさえてやるにしても65kgの巨体で
はこちらが手あまして
ある。
午前、再び長岡先生
のところへ指圧して
貰うため行く。
今日は先生がや
って、昨日奥さんが
やったより力強
かったのでイタイタ
だといって帰って
来た。
2.4

かあさんの耳なりが相変わらずひどい。昨日、先生の奥さんに指圧してもらったら、見ちがえるようによくなったというていたが、夜になったら……。それでも逆立ちすればよくなるのでは…とやってみるがなかなかうまくできない。私がおさえてやるにしても65kgの巨体ではこちらが手あましである。

正浩二十七歳

いっぱしの大黒柱である

昭和54年2月25日

長男正浩満27才の誕生日。７時頃アパートに電話入れたら出て来ないので、８時、白岡（埼玉県）の家（正浩の嫁の実家）に電話したら、親子みんなそちらに行っていた。今日は休みでお昼頃からこちらに来ているんだという。

仲良し夫婦の背比べ

年取れば、背も低くなる

昭和54年2月26日

としとったら若干ちぢんだ。
おれ 167.5 cm
かあさん 160 cm
161 cm
だという。

最近は身長計ることもなくなったけど、年々縮んでるんでねぇがな

としとったら若干ちぢんだ。おれ167.5㎝、かあさん160㎝。まっちゃん（甥）のとうさんは161㎝だという。

忙中、閑もなし

老骨に鞭打ち、孫たちに大サービス

昭和54年3月25日

汽車ゴッコ
ちょっと待てっ
脱線だよ

春場所
行司は二人
3.25
子どもたちを相手に家の中走ったり カクレンボしたり わがハイ大サービス

汽車ゴッコ、春場所、子どもたちを相手に家の中走ったり、カクレンボしたり、わがハイ大サービス。

ちいちゃん、謎のあとずさり

飽くことなき子どもの探究心に脱帽

昭和54年4月11日

朝食のときとつぜん千春が後ずさりして流し場の方までゆく。みんななにやっているのかとアゼン。なんと千春のたべてる納豆の糸がどれだけのびるかためしてみていたというわけ。私たちも試したことはないんだが、３m位は延びるようだ。子どもはとっぴなことを考えるものである。

ちょっとした一言が……

有紀と千春の大喧嘩の理由

昭和54年4月24日

聖子から内緒の電話。あき（有紀）がちはる（千春）に「つるたのおばあさんはちはるが大きらいだ」といったので、ちはるは大ショックだという。かあさんが仙台からの帰りに一泊したとき、元気のないあきをはげますため「かあさんはあっちゃんが一番好きだ」と言うた。勿論《もちろん》内緒のはなしということにしていたのだが……。

おじいちゃんはモテモテ

長女の家では熱烈歓迎が待ち受けている

昭和54年6月2日

春日部駅からはうまく中島井行きのバスが入っていてそれに乗る。あっちゃんたちの家に着いたのは7時半頃である。
あっちゃんがとび出して来て私にダッコ。私はまだ荷物をさげているのに…どうしてこうダッコが好きなんだろう。ちーちゃんも来て、ダッコ、ダッコ。遠くでやってたりするせいか、やたらに孫たちにはもてるのである。
おじいちゃん
だっこ
だっこ
おじいちゃん
だっこ
帰って来てたのしい夕食
今日筍とりに行って来たとその成果を披露。 6.2

あっちゃんたちの家に着いたのは7時半頃である。あっちゃんがとび出して来て私にダッコ。私はまだ荷物をさげているのに…。どうしてこうダッコが好きなんだろう。ちーちゃんも来てダッコダッコ。やたらに孫たちにはもてるのである。

かあさん、酔っ払う

絡み酒でないのがありがたい

昭和55年5月30日

かあさんが風呂あがりビールを所望。さてコップで2はいたてつづけにのんだのはよいが酔っぱらって笑い上戸ぶりを発揮。こちらもらい笑いする。「ワーイとうさんの顔2つに見える!!」「ワッハーハ　ウフッフ　愉快愉快」「おれァ酔ってまったんだ」「あーこりゃこりゃ」「とうさんどうしてそんなにのんでちゃんとしてるの」。

さながら孫と『スタンド・バイ・ミー』

あの頃、線路はどこまでも続いていた

昭和55年3月29日

お天気がよいので 有紀と千春をつれて 農道を散歩
線路がカーブになっている あたりまでゆく 3時の汽車
が 鶴田駅で 上下行き交う時刻で 二人とも 線路に耳
をおしつけて つたわって来る 音を 確めたりする。
このあと レールの上を 歩く競走などして 二人をあそばせる。

お天気がよいので、有紀と千春をつれて農道を散歩。線路がカーブになっているあたりまでゆく。3時の汽車が鶴田駅で上下行き交う時刻で二人とも線路に耳をおしつけて、つたわって来る音を確かめたりする。このあと、レールの上を歩く競走などして二人をあそばせる。

春の日、りんご畑で

チャンピオンは、もちろんちーちゃん

昭和55年3月30日

田圃《たんぼ》の西側にある高嶋さんのりんご畑。その中に老木で幹の中が空洞化してるのが１本。附近には小さなりんごがいっぱい散らばっている。ちーちゃんとその空洞にりんごを入れる競争する。ちーちゃんはピンポン玉入れのチャンピオンなのである。

千春大泣きのワケ

災いは突然訪れる

昭和57年1月2日

千春が突然泣き出した。うしろにそりかえったら千春の長い髪が箪笥《たんす》の鍵穴にひっかかってしまったというわけ。いやはや私たちもびっくりしました。

正月は福笑い

たんまり飲んでたんまり笑う

昭和57年1月3日

聖子の夫は車運転なのでジュースで我慢。酔いが回った正治(母さんの弟)が、「気の毒だ！　飲んで今夜は一家泊まって行ってくれ」という。しかし、私たちは有紀たちのこともあるので、３時半頃おいとました。帰宅してから娘の夫にたんまり飲んで貰う。夕食後は夕べに続いて福笑いをやり、にぎやかに大笑いして夜をすごした。

大ドロボー、御用に！

春が来れば、ネズミも騒ぐ

昭和57年3月22日

チュー
チュー
数日前から台所を荒していた 大ドロボー 今朝御用となる

ネズミは本当によく出だがらの。母さんがいつも困ってだもンでェ

数日前から台所を荒していた大ドロボー、今朝御用になる。

母さんと、りんごの人工授粉

りんごの木の上から見る岩木山が一番

昭和57年5月15日

晴天。空気がすみ、真青な空。かあさんと人工授粉にゆく。今日は手伝いの人たちがいなく、私たちが行ってはかどると感謝された。りんご梯子《はしご》の上から見る岩木山がことの外美しい。「今年もおいしいりんごやるから」と言われる。

自分の口より孫の口

孫たちのためにトーモロコシを植える

昭和57年5月24日

朝、大豆とトーモロコシの移植をする。トーモロコシは約150粒種をまいたのに、芽を出したのはわずか10数本だけであった。トーモロコシはまだ移植の時期でないのだが、大豆が伸びすぎたので一諸にやった。トーモロコシは私たちの口より孫たちにホガル（奉納する）ようなものである。

夏休みの思い出

トーモロコシのバーベキュー

昭和57年8月16日

有紀たちが「トーモロコシを焼いて食べたい」という。もぎとるには一寸早いが、ひとりに１本ずつとらせる。撤去した巻看板を火の上にのせ、トーモロコシを焼く。バーベキューだとみんな大喜び。醤油をさし、おいしいおいしいとパクつく孫たちは大満足のてい。

行きはよいよい帰りはつらい

今日はそれぞれ我が家を引き上げる日である。会う楽しみ、別れのつらさ。人生で必ず繰り返さねばならぬ宿命である。私は用事があり、10時前、みんなに送られて家を出た。来年の冬休みに、また来ると言っていたそうだ。

わが家のあととり誕生

長男正浩の嫁さん、でかした！

昭和57年12月11日

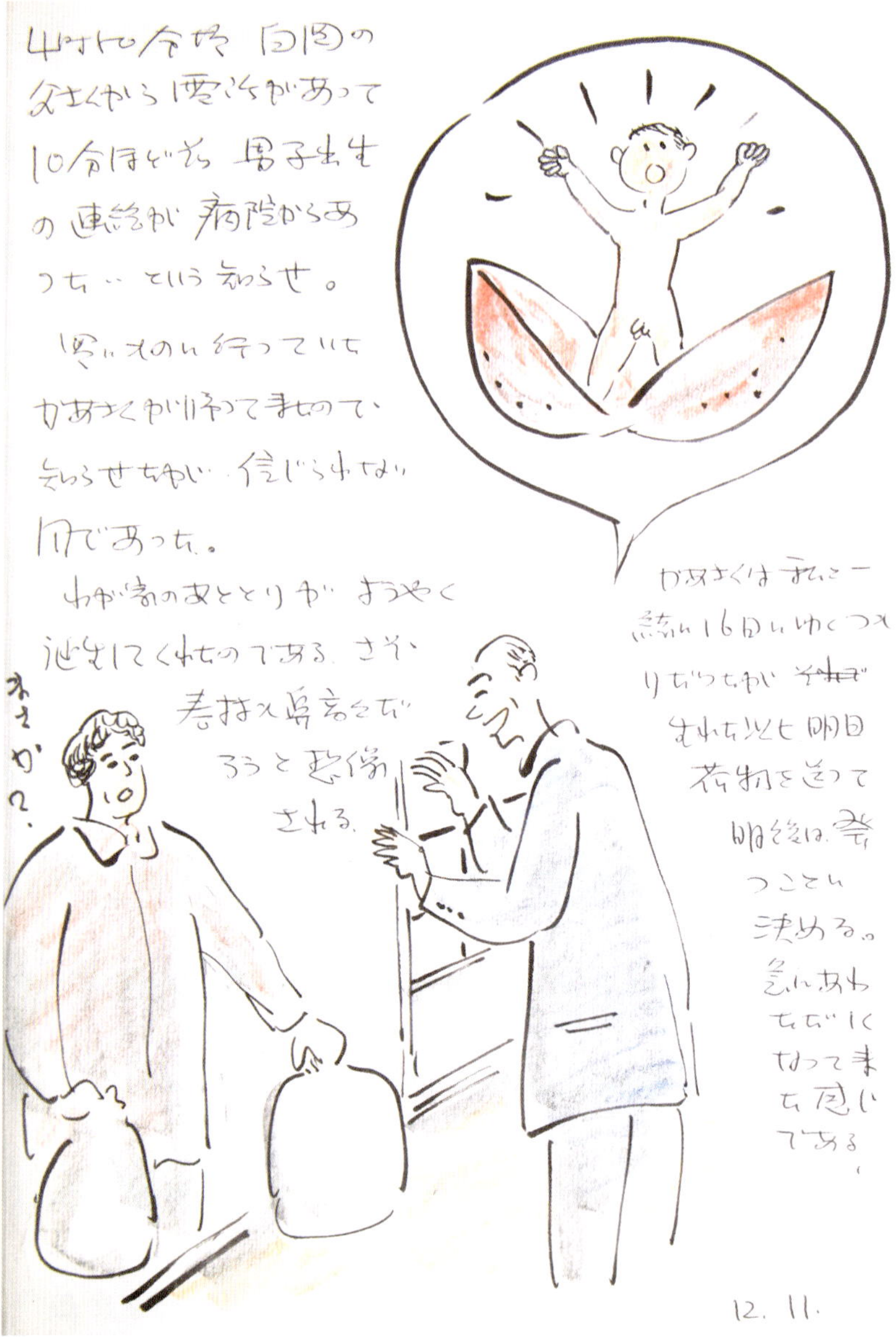
4時50分頃 白岡の父さんから電話があって10分ほど前 男子出生の連絡が病院からあった…という知らせ。

買い物に行っていたかあさんが帰って来たので知らせたが 信じられない風であった。

わが家のあととりがようやく誕生してくれたのである。さぞ春枝も鼻高々だろうと想像される。

まさか？

かあさんは私と一緒に16日にゆくつもりだったが 生まれたと… 明日荷物を送って明後日発つことに決める。急にあわただしくなって来た感じである。
12. 11.

4時50分頃、白岡の父さん（長男正浩の妻の父）から電話があって、10分ほど前、男子出生の連絡が病院からあった…という知らせ。買い物に行っていたかあさんが帰って来たので知らせたが、信じられない風であった。わが家のあととりがようやく誕生してくれたのである。さぞ春枝（正浩の嫁）も鼻高々だろうと想像される。

第五章

母さんとの思い出

～母さんの笑顔でみんなが笑顔に～

昭和57（1982）年12月～62（1987）年5月
正造じいちゃん、64～68歳の頃

この頃になると、母さんとふたりで過ごす時間が増えてきました。母さんの笑顔は、周りのみんなを幸せにしてくれました。

これが本当のタライ回し

長男の正浩が使ったタライを孫が使う

昭和57年12月18日

はじめ決めていた名前が一時間のうちに変えたと
いう例はめったにないことである。
「正弥」は珍しい名前であるし 私は気に入った。「マサヨシ」でなくてよかったとも思っている
正浩のうちに行ったら これから赤ん坊を入浴させ
るところであった。
フィルムの残りが
あったので
写真をとる
12/18
かあさんが「このシンボル 確かに撮って下さいよ」と
いう。湯あみさしてるタライは 正浩が生れたとき使
ったのである。30年振りで正浩の後継ぎが又使うのである。

長男正浩のうちに行ったら、これから正弥（初めての男の孫）を入浴させるところであった。ちょうど、フィルムの残りがあったので、写真をとる。かあさんが「このシンボル、確かに撮って下さいよ」という。湯あみしてるタライは正浩が生れたとき使ったものである。30年振りで正浩の跡継ぎが又使うのである。

孫のおしめをたたむ

かあさんと久しぶりの共同作業

昭和57年12月31日

せんたくもの の 片づけ
孫の おしめを たたむ.
こんなこと 長いこと したことなし

こんなごともあったべの。
昔のことは
忘れるもんだな

孫のおしめをたたむ。

こんなこと、長いことしたことなし。

旅の思い出・東京上野

動物園休みで、サギと鳩見て終わる

昭和58年1月3日

①長男正浩の娘たち、静枝と浩子を連れて、上野まで行ってみることに。天気は良いが、風が冷たい。サギが飛んでいて、途中10羽ばかり見た。

②お昼どき。上野公園で、焼きそばとたこ焼きを買う。一つ400円。べらぼうに高い。それでも、じゃんじゃん売れていた。こんなことなら駅でお弁当を買ってくれれば良かった。たこ焼きに楊枝《ようじ》が一本しか付いてこないので、母さんが「はいどうぞ」と私の口へ。

③動物園は今日まで休みとあってガッカリ。公園内の広場に鳩がいっぱい。人が近づいても物怖じしない。しーちゃん（静枝）、鳩を追いかける。弱虫浩子はオッカナイのか、行こうとしない。

④おいらは西郷どん。鳩に泣かされて、涙ぼろぼろ。鳩のフンで汚され、気の毒千万である。

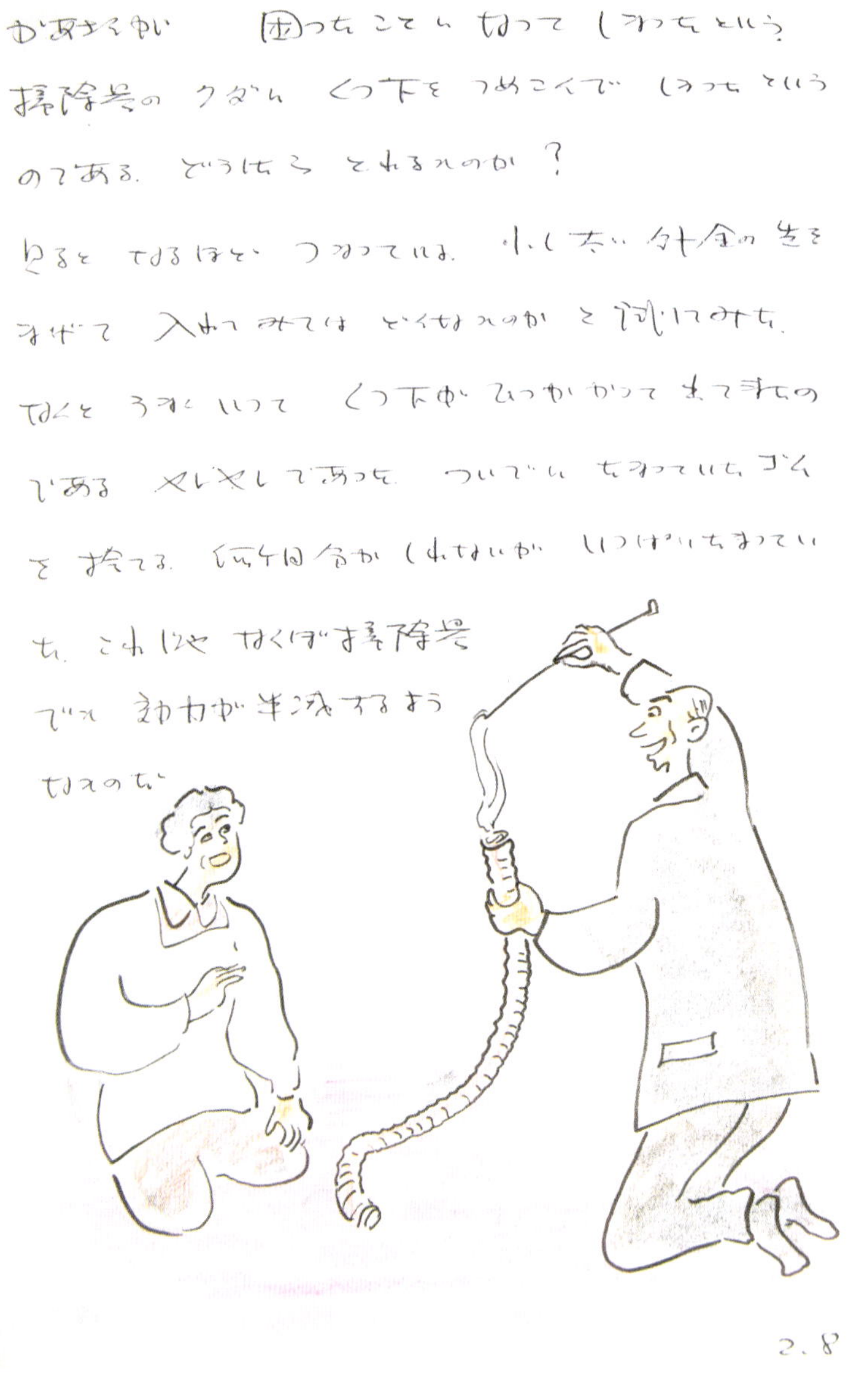
かあさんが　困ったことになってしまったという
掃除機のクダに　くつ下をつめこんでしまったという
のである。どうしたらとれるのか？
見ると　なるほどつまっている。少し太い針金の先を
まげて　入れてみては　どんなものかと試してみた。
なんとうまくいって　くつ下がひっかかって出て来たの
である　ヤレヤレであった。ついでにたまっていたゴミ
を捨てる。何年目か知れないが　いっぱいたまってい
た。これじゃなんぼ掃除機
でも　吸力が半減するよう
なものだ
2.8

かあさん困った

文明の利器にも弱点はあるようだ

昭和58年2月8日

かあさんが困ったことになってしまったという。掃除機のクダに、くつ下をつめこんでしまったというのである。どうしたらとれるのか？　見ると、なるほどつまっている。少し太い針金の先をまげて入れてみては、どんなものかと試してみた。なんとうまくいって、くつ下がひっかかって出て来たのである。ヤレヤレであった。

おひなさま

孫に贈って私たちが飾りつけ

昭和58年2月18日

私たちが贈ったおひなさまは、昨夜のうちに、骨組みができていた。私とかあさんは、早速、飾りつけにとりかかる。はじめてやるので、人形に装飾品をつけたり、楽器を持たせたりが、あんがいむずかしい。一時間位して、ようやく出来あがった。これを解体して、しまう段になれば、なおむずかしいんではないかと思った。

お盆は楽し、されど淋し

また来年の嵐を待ちましょう

昭和59年8月17日

別れ際は淋しぐで。母さんと二人きりの時間も大切なんだけンども

それぞれ思い出を残してみんな行ってしまった。何日かの大にぎわいであった。まるで嵐でも去った感じである。来年また…、それまで待つことになろう…。

かあさんの笑い声

歌を吹き込むつもりだったのに……

昭和60年3月3日

かあさん、ヤットントン節をテープに吹き込むことにしたのだが、それがうまくいかない。テープが回らなかったり、マイクをONにして吹き込んだつもりが、全然音が出てこなかったり。しかし、そのうち調子がよくなって、音が出るようになったが、何回も何回も同じ唄をくりかえすうち、おかしくなって笑い出してしまった。

娘へ宅配

重さは親の愛情に比例するもの

昭和60年10月25日

朝、聖子《しょうこ》（長女）に荷物送る。さつまいも、りんご、図書券２枚、壱万円札２枚、商品券15枚、ジャンパー、くつした、したぎ、菊、タクアン、ホッケの寿し、コハダの寿し、ねぶた漬、食用油、シチュウのもと、小麦粉、米（初めは入れるつもりなかったのだが、ダンボールの空間うめのため入れる）。

元日は朝から酒攻め

妹子(まいこ)も私も酔っ払ってダウン

昭和62年1月1日

正浩の家（埼玉）で新年を迎え、おとそ酒。子供たちには、砂糖をたっぷりいれたお酒。わずかしか飲んでいない妹子(正浩の娘)がダウン。私も久しぶりに新酒に酔う。

夕方、正浩も手伝ってご馳走をつくり、お客を招待する。会食のあとは例によってカラオケ大会。夜の更けるまで大賑わい。一同が帰る頃には私もダウン。

不安な一日

かあさんがいなければ、何もできぬ

昭和62年3月30日

このちょっと前から、母さんが寝込むごとが多ぐなっての……。

かあさん、のどにタンがつまり、せき込んで、タンを出すのだが、なんと、真赤な血が出てくる。どこか異状だ。10時頃、病院に行った。止血の注射をしてくれたという。それにしても、又、せき込んだら…と、不安の一日であった。

母親の想い

気になるのは子のことばかり

昭和62年4月6日

帰宅したら 夕べ大層苦しがっていた かあさんが
小屋で にしんを調理していた 生にしん ひと箱2000
円なので 買って干すという。大きなにしんで あとで勘定
したら105匹入っていた 一匹20円も しないのだから安い
おすそわけすることにした
かあさんは 昨日と違って今日は
調子がよい
お前大丈夫か また悪くなっては かなわんぞ
夏に正浩たちが 来たら食べさせる つもりで 買ったんだ
4.6

帰宅したら、夕べ大層苦しがっていたかあさんが、小屋でにしんを調理していた。生にしん、ひと箱2000円なので、買って干すという。大きなにしんで、105匹入っていた。一匹20円もしないのだから安い。「夏に正浩たちが来たら食べさせるつもりで買ったんだ」「お前、大丈夫か。また悪くなってはかなわんぞ」

かあさんの入院

本人の悲観ぶりが胸に痛い

昭和62年4月9日

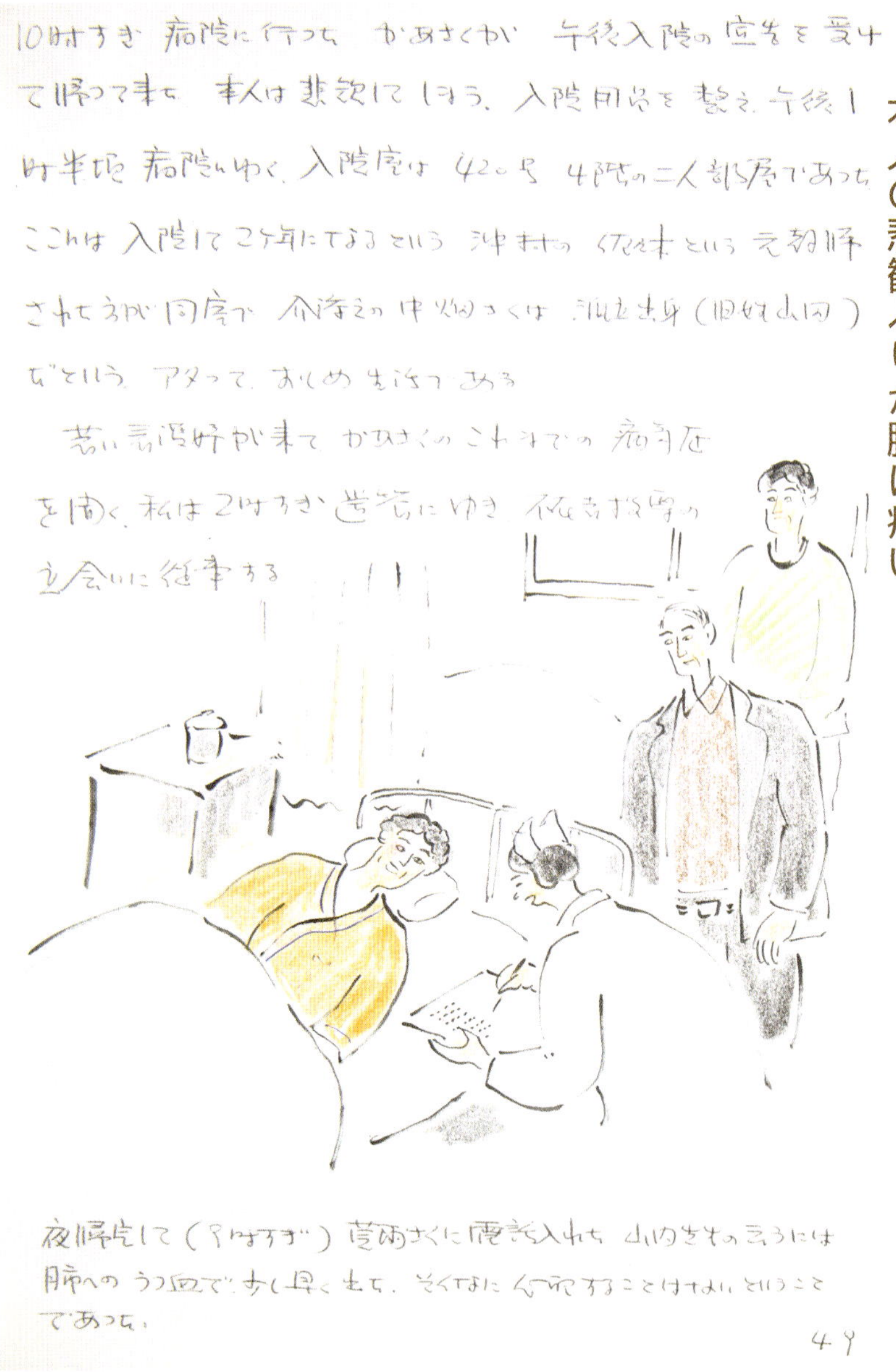
10時すぎ 病院に行った かあさんが 午後入院の宣告を受け
て帰って来た 本人は悲観にしまう 入院用品を整え 午後1
時半頃 病院へゆく 入院室は 420号 4階の二人部屋であった
であった

10時すぎ、病院に行ったかあさんが、午後入院の宣告を受けて帰って来た。本人は悲観してしまう。入院用品を整え、午後１時半頃、病院にゆく。入院室は420号、４階の二人部屋であった。山内先生の云うには、そんなに心配することはないということであった。

曇りの晴れ間

外の空気を吸わせたのはいいが……

昭和62年4月19日

今日はお天気がよい。花ぐもり（明るい曇り空）というところだ。風もない。かあさんは外を散歩してみたいという。久しぶりに外の空気を吸わせる。病院の南側をグルッっと約300mくらい散歩したが、途中とても疲れたと、私の肩につかまって歩く始末であった。

自転車に乗って構内を一周する。自転車は快調。これなら自転車で通ってもよさそうだと、かあさんはご機嫌。私はひとまず家に帰り、夕方また病院に行ったら汗をかき苦しんでいた。今日、外に出たのが悪かったのか……。

足を洗ってやる

こんなことでも喜ぶかあさんの顔が……

昭和62年4月24日

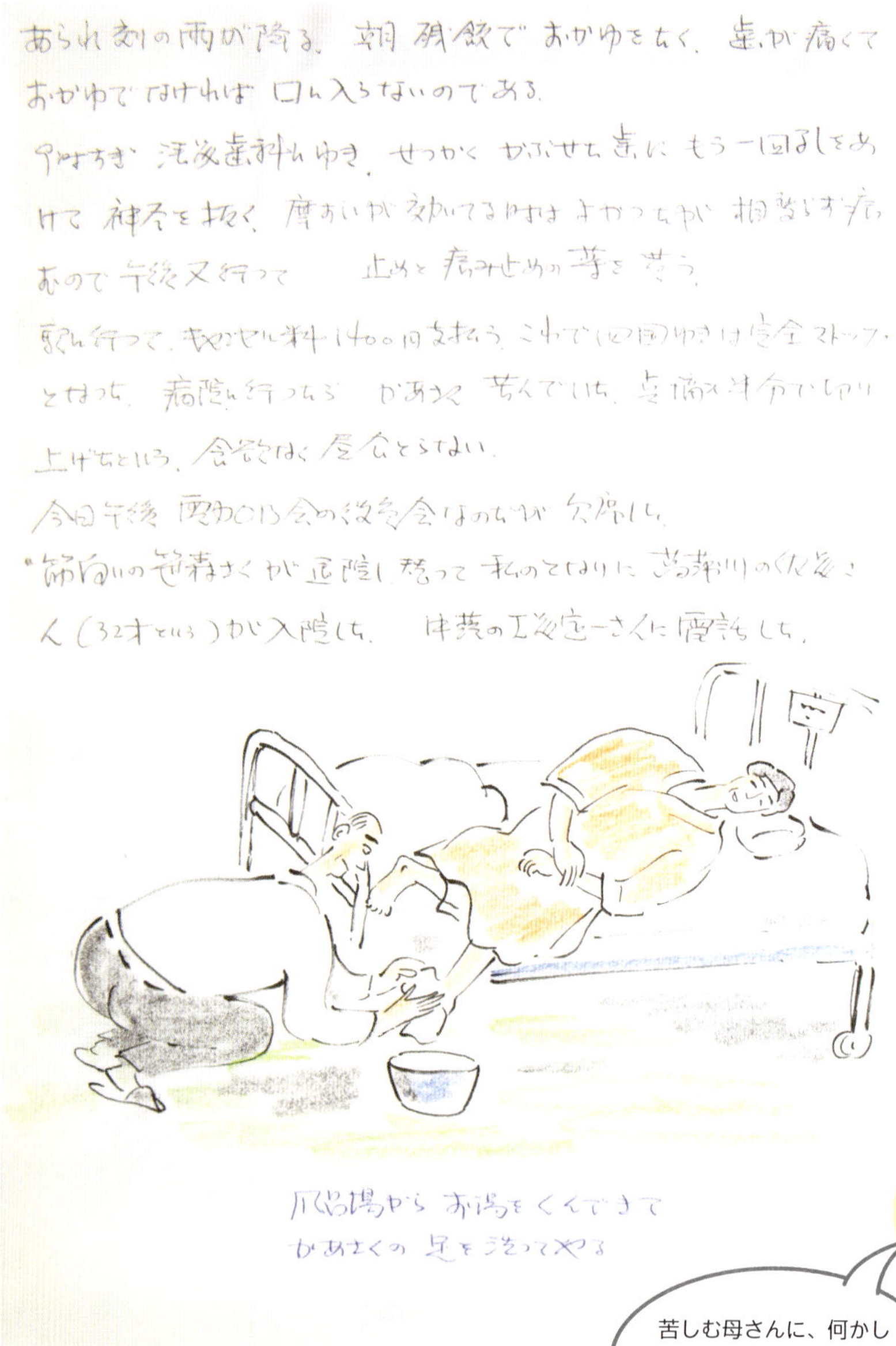
あられ交りの雨が降る。朝 残飯でおかゆをたく。歯が痛くて
おかゆでなければ 口に入らないのである。
風呂場から お湯を くんできて
かあさんの 足を 洗ってやる

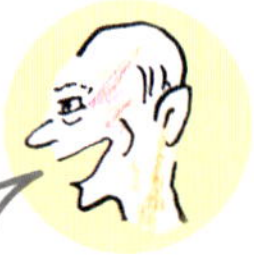
苦しむ母さんに、何かしてやれることがないがと思っての

朝、残飯でおかゆをたく。歯が痛くておかゆでなければ口に入らないのである。病院に行ったら、かあさんが苦しんでいた。点滴も半分で切り上げたという。食欲なく、昼食とらない。風呂場からお湯をくんできて、かあさんの足を洗ってやる。

長男正浩の見舞い

ガンバレ、かあさん

昭和62年5月8日

かあさん
元気を
出して
な…

この後、かあさんの容体はいよいよ悪ぐなってしまっての……

バスで病院にゆく。付き添っていた正浩へは弁当持参。正浩は12時すぎの特急で帰ることになった。買いものもあるからと、10時頃、かあさんを元気づけて帰って行った。

とうとう帰らぬ人に……

見舞いの花が、亡き人を弔う花に

昭和62年5月13日

帰らぬ人になってしまった!!
5.13

公衆電話であちこちに連絡する。かあさんが息を引き取った後、花束もって見舞いに来てくれる人もいたのだが、それが遺体を飾る花となってしまった。看護婦さんが遺体を清めてくれる。かけつけてくれた人も、ただ呆然。「帰らぬ人になってしまった!!」

三途の渡しも金次第か？

死んで持たされる大金が哀しい

昭和62年5月14日

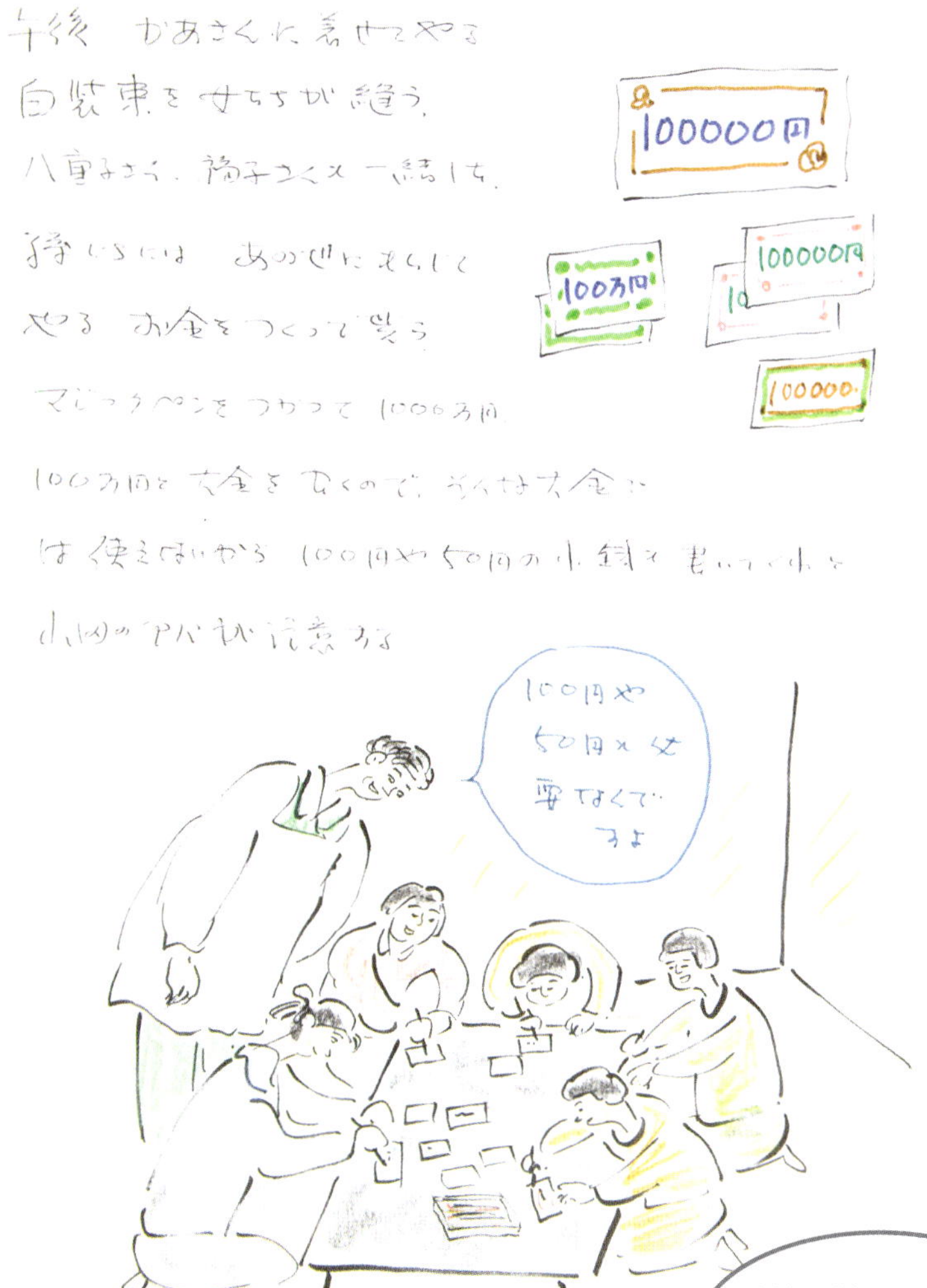

小銭が重宝するか大金が役立つかは、あの世にいがなきゃ分がらねェ

午後、かあさんに着せてやる白装束を女たちが縫う。孫たちには、あの世にもたしてやるお金をつくって貰う。マジックペンをつかって、1000万円、100万円と大金を書くので、「そんな大金は使えないから、100円や50円の小銭も書いてくれ」と山田のアバが注意する。

お仏壇

こういうものを買う日がくるなんて

昭和62年5月14日

納棺のあと　私と正浩、聖子、良子の四人で五所川原の
北日本仏壇センター（花田宗三氏）に仏壇を買いに行った。

あまり大きな仏壇はいらない。今のところ床間に入れるのを
…ということで　68万円もののを　花田さん夫妻の厚意により
45万円にサービスして貰ってきめた。

帰りは　学校の　陸圏燃料に　からになった酸素ボンベを
返還する。かあさんが病院に帰ったとき　ボンベの店をさがすのに苦労
したものである。団総院長が　酸素吸入にはならぬと言われ、あまり
使用しなかったのである。

弔問客は　お棺のマドをあけ　かあさんと対面しては　涙を
流していた。

5.14

納棺のあと、私と正浩、聖子、良子《よしこ》（次女）の四人で五所川原の北日本仏壇センターに仏壇を買いに行った。あまり大きな仏壇はいらない。今のところ、床間に入れるのを…ということで、68万円のを花田さん夫妻の厚意により45万円にサービスして貰ってきめた。

号泣の理由

運命的な絵日誌

昭和62年5月14日

納棺終って 一段落 夕食時 酒ビールを出す
手元にあった「引揚の記録」をみんなに紹介する これは
昭和20年8月 かあさんと二人（聖子はおなかの中）苦労して朝
鮮から引揚げの記録である 今日の私があるのは かあさんのお
かげかも知れない それは ある日 聖子さんが「私の誕生日の
時の日誌を見せて」と言ったので 保管してるダンボール箱を開いたところ
偶然にも その中に入っていたのである 私にとっては どの箱に入れたか
全然記憶のなかった そのものである そして 一応説明が終り な
にげなく 表紙を見たとき 偶然にしては あまりに 運命的な
かあさんが死んだ日と 年は違うが 同じ5月13日記載と書いて
あった 私は それをみて（酒も手伝っていたかどうかわからないが）

大声あげて泣いた かあさんが死んだとき 涙を流さなかった私だ
が あまりに 運命的な日日で こんなことがあるものか と思ったの
である かあさんは13日の死を予知していたようなものだ 5.14

納棺のあと、「引揚げの記録」をみんなに紹介する。昭和20年８月、かあさんと二人（聖子はおなかの中）、苦労して朝鮮から引揚げた記録である。なにげなく表紙を見たとき、かあさんが死んだ日と、年は違うが、同じ５月13日記載と書いてあった。かあさんが死んだとき、涙を流さなかった私だが、それをみて大声あげて泣いた。

孫による弔辞

かあさん、喜んでくれているかな

昭和62年5月16日

(前略)
お棺に入っている時の顔もほんとに
安らかで、お嫁入りする時の顔と同じ
くらいきれいでした。
私は竹沢家の初孫で、またよく遊びに
行ったということもあり、おばあちゃんにはず
いぶんかわいがられ心配もかけたのですが、こん
なにしてもらって 私はおばあちゃんに何一つ
してあげられないまま こういうことになって
しまいました。
やりきれない思いでいっぱいですが 私
たちは本当におばあちゃんが大好きだった
ということを この場を借りて おばあちゃんに
伝えさせていただきたいと思います。
ありがとう
ありがとう
ほんとに今まで
大へんお世話になり
ました。私たちみんな
元気で頑張るのでおば
あちゃんも心配しないで
安らかに眠って下さい。
5.16

弔辞の中で一番泣かされたのが、この弔辞だったンだ

孫たちの弔辞（132ページ参照）は有紀（長女聖子の長女）が原稿を書き、それを孫５人で一部分ずつ清書したものである。ズラリ祭壇の前に並び、有紀が代表して読んだ。孫が弔辞をあげたのを他の葬儀で今までみたことがない。有紀がその気になってくれたことがうれしい。さぞかあさんも喜んだことと思う。

夜中、かあさんの声を聞く

死んでまで洗濯物の心配をするなんて

昭和62年5月30日

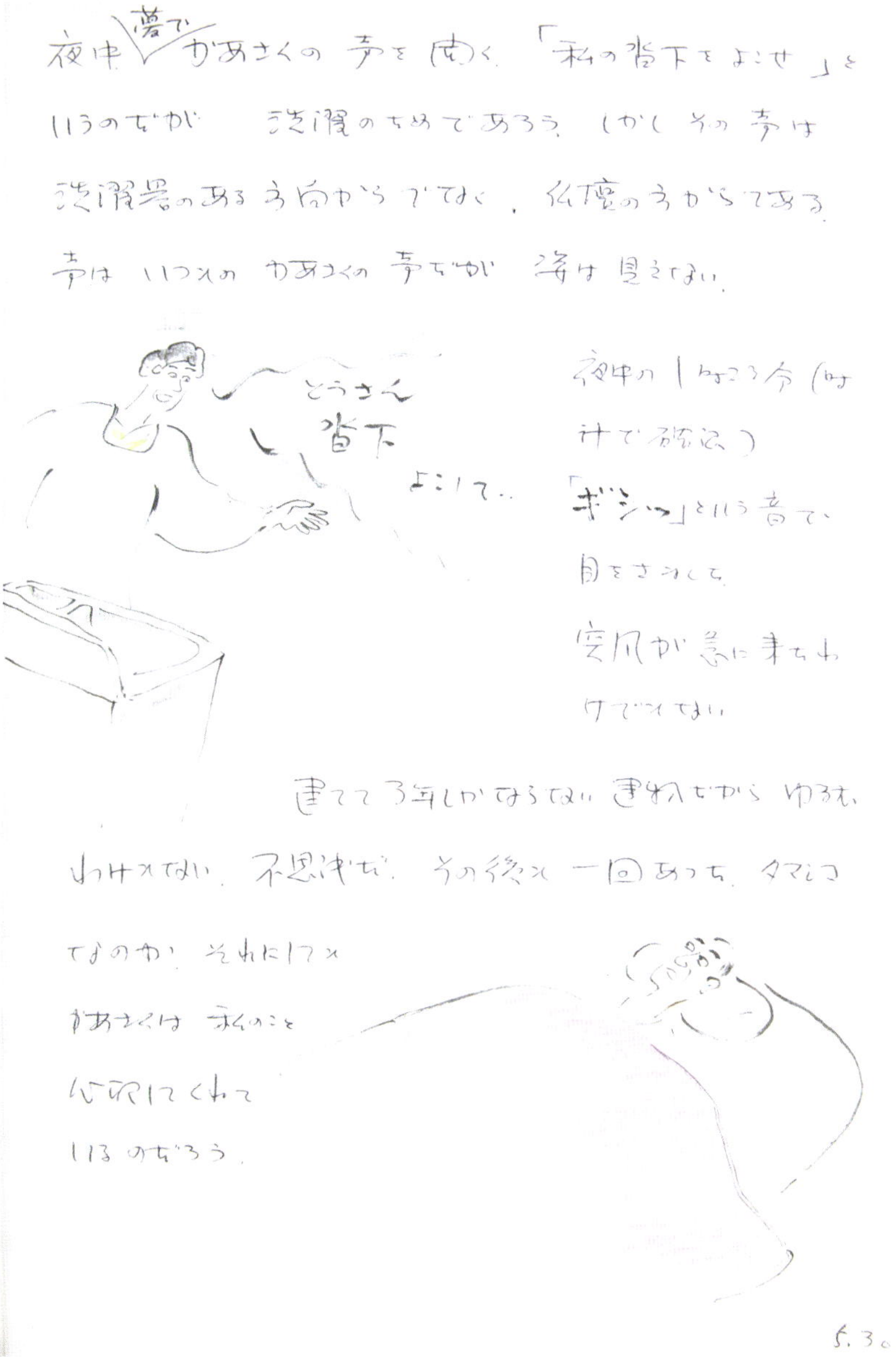

夜中、夢でかあさんの声を聞く。「沓下（くつした）をよこして」という声が、仏壇の方から聞こえる。声はいつものかあさんの声だが、姿は見えない。夜中の1時23分（時計で確認）、「ギシッ」という音で目をさました。不思議だ。その後も一回あった。タマシイなのか。かあさんは私のこと、心配してくれているのだろう。

コラム

母さんへの手紙 その1

孫たちから母さんへ（弔辞）

昭和62年5月16日の日記より

お棺に入っている時の顔もほんとに安らかで、お嫁入りする時の顔と同じくらいきれいでした。

私は竹浪家の初孫で、またよく遊びに行ったということもあり、おばあちゃんにはずい分かわいがられ、心配もかけたのですが、こんなにしてもらって、私はおばあちゃんに何一つしてあげられないまま、こうゆうことになってしまいました。

やりきれない思いでいっぱいですが、私たちは本当におばあちゃんが大好きだったということを、この場を借りておばあちゃんに伝えさせていただきたいと思います。

ほんとに今まで大へんお世話になりました。私たちも元気で頑張るので、おばあちゃんも心配しないで、安らかに眠ってください。

孫代表・有紀

千春／淳／葉子／静枝

第六章
母さんのいない毎日
～最愛のひとが逝ってしまった～

昭和62（1987）年6月～63（1988）年6月
正造じいちゃん、68～70歳の頃

昭和六十二年五月十三日、母さんが帰らぬ人になってしまいました。それから一年間、私の夢には元気な母さんが何度も現れるのでした。

遺影を飾る

花屋に寄って、写真を取り戻す

昭和62年6月

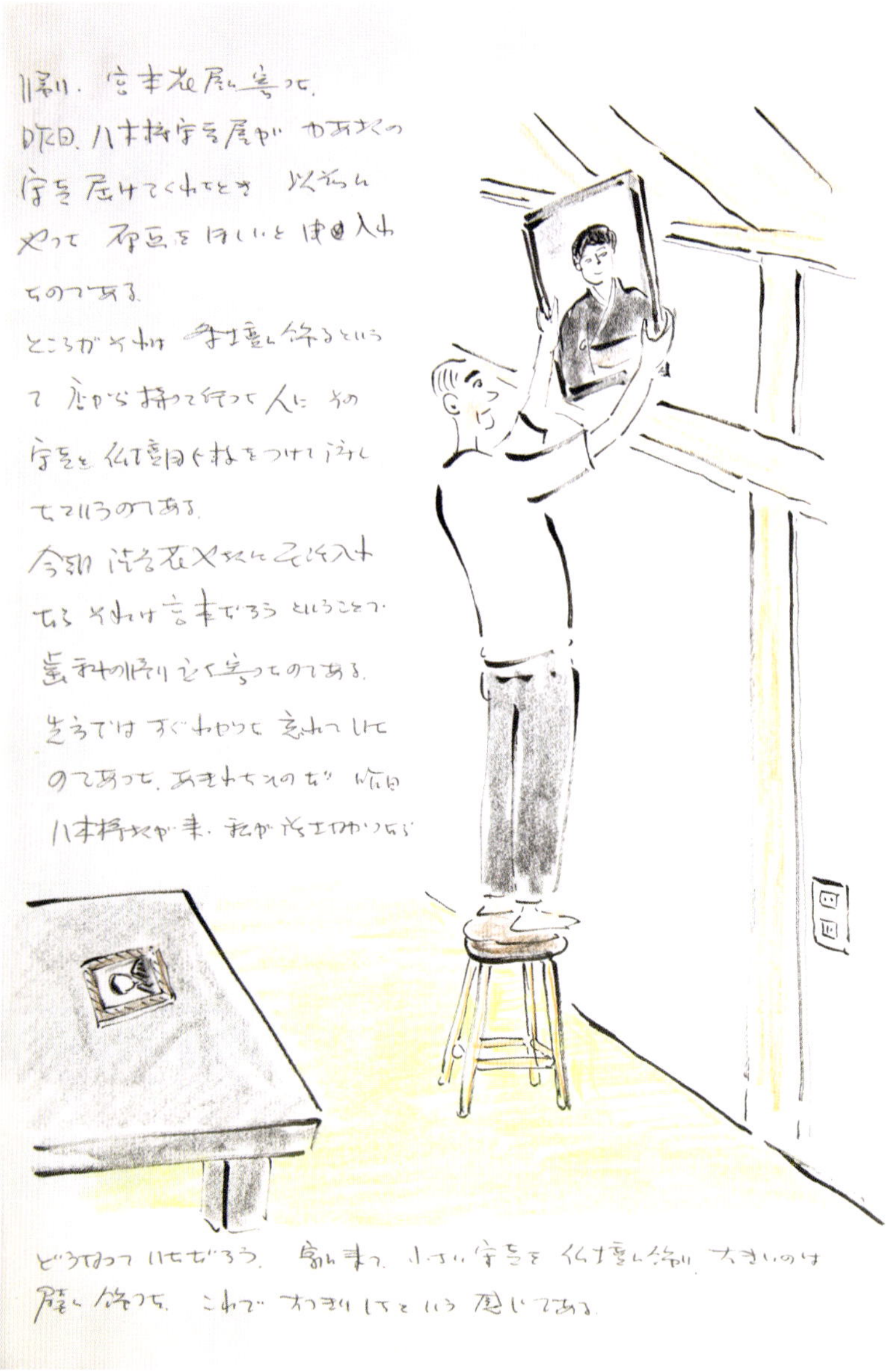

昨日、写真屋がかあさんの写真届けてくれたとき、以前にやったかあさんの写真の原画をほしいと申し入れた。ところが、その写真は別の人に渡したという。そこでその相手はここだろうと、宮本花屋に立ち寄った。先方は忘れていたのであった。小さい写真を仏壇に飾り、大きいのは壁に飾った。これですっきりした。

今日で満六十九歳

まだまだ三途の川は渡れない

昭和62年6月4日

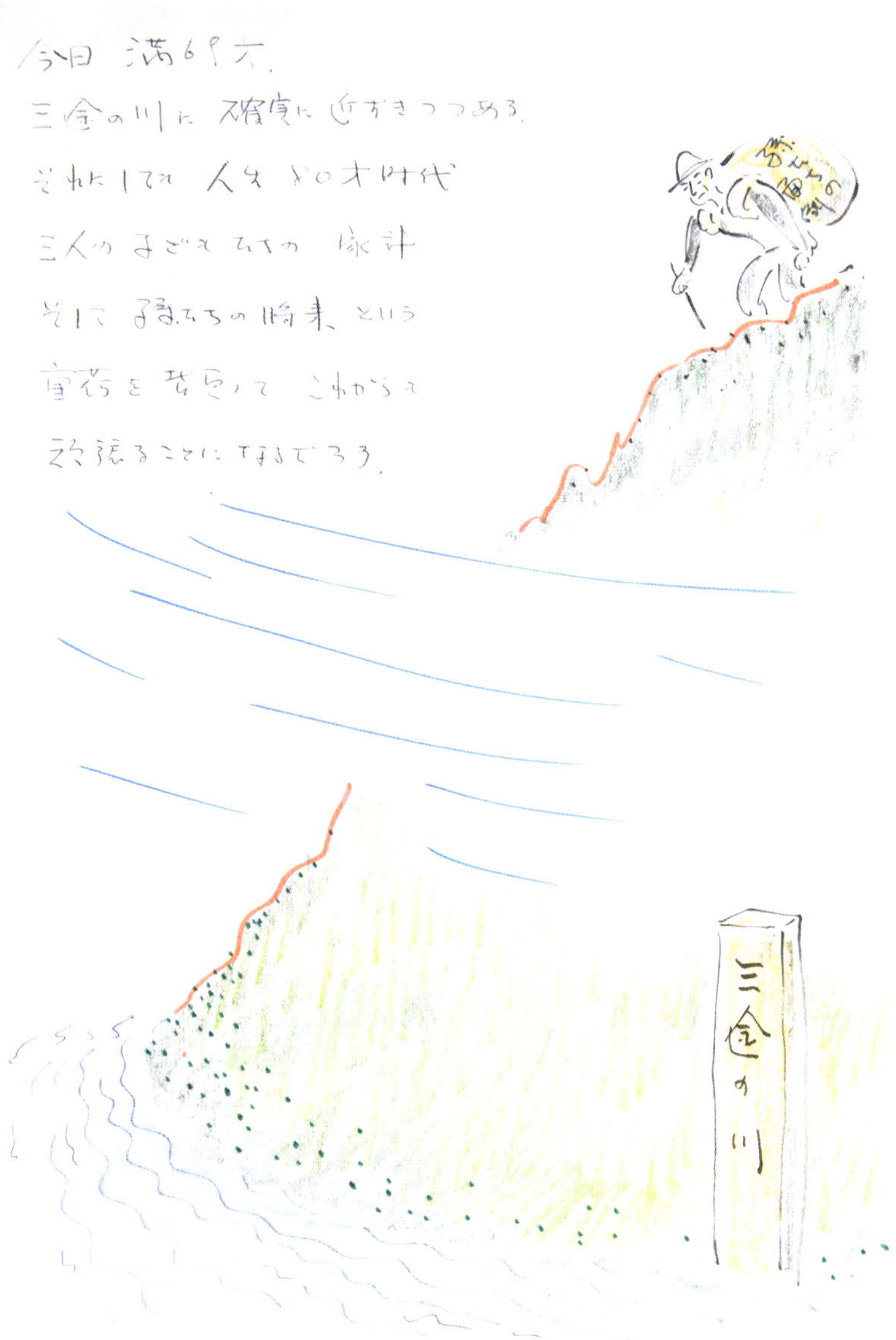

今日満69才。三途の川に確実に近づきつつある。それにしても人生80才時代、三人の子どもたちの家計、そして孫たちの将来という重荷を背負って、これからも頑張ることになるだろう。

長男正浩と銭湯へ

背中を洗う息子の手が心なし優しい

昭和62年6月16日

ワシ六十九、正浩三十五。
この頃はまだ正浩の頭フサフサでねが！

3時すぎ、長男正浩と湯屋にゆき、背中を流して貰った。

お墓参り

極楽浄土に行かれただろうか

昭和62年7月1日

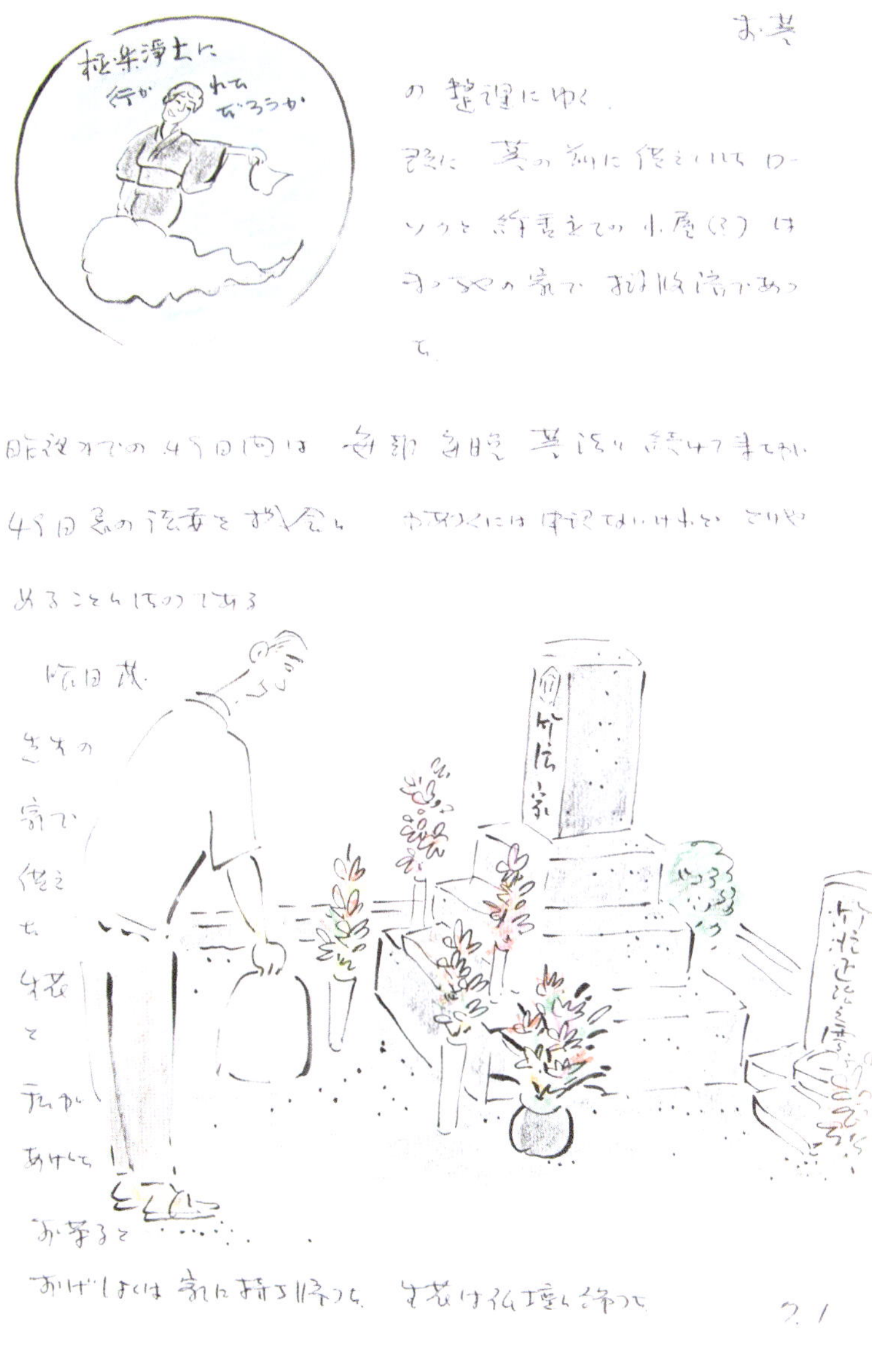

お墓の整理にゆく。既に墓の前に置いていたローソクと線香立ての小さなホコラは撤収済であった。昨夜までの49日間は毎朝毎晩墓参り続けて来たが、49日忌の法要を機会に、かあさんには申し訳ないけれどとりやめることにしたのである。昨日供えた生花と、私があげたお菓子は家に持ち帰った。生花は仏壇に飾った。

細長いおにぎり

味はまずまず……

昭和62年7月13日

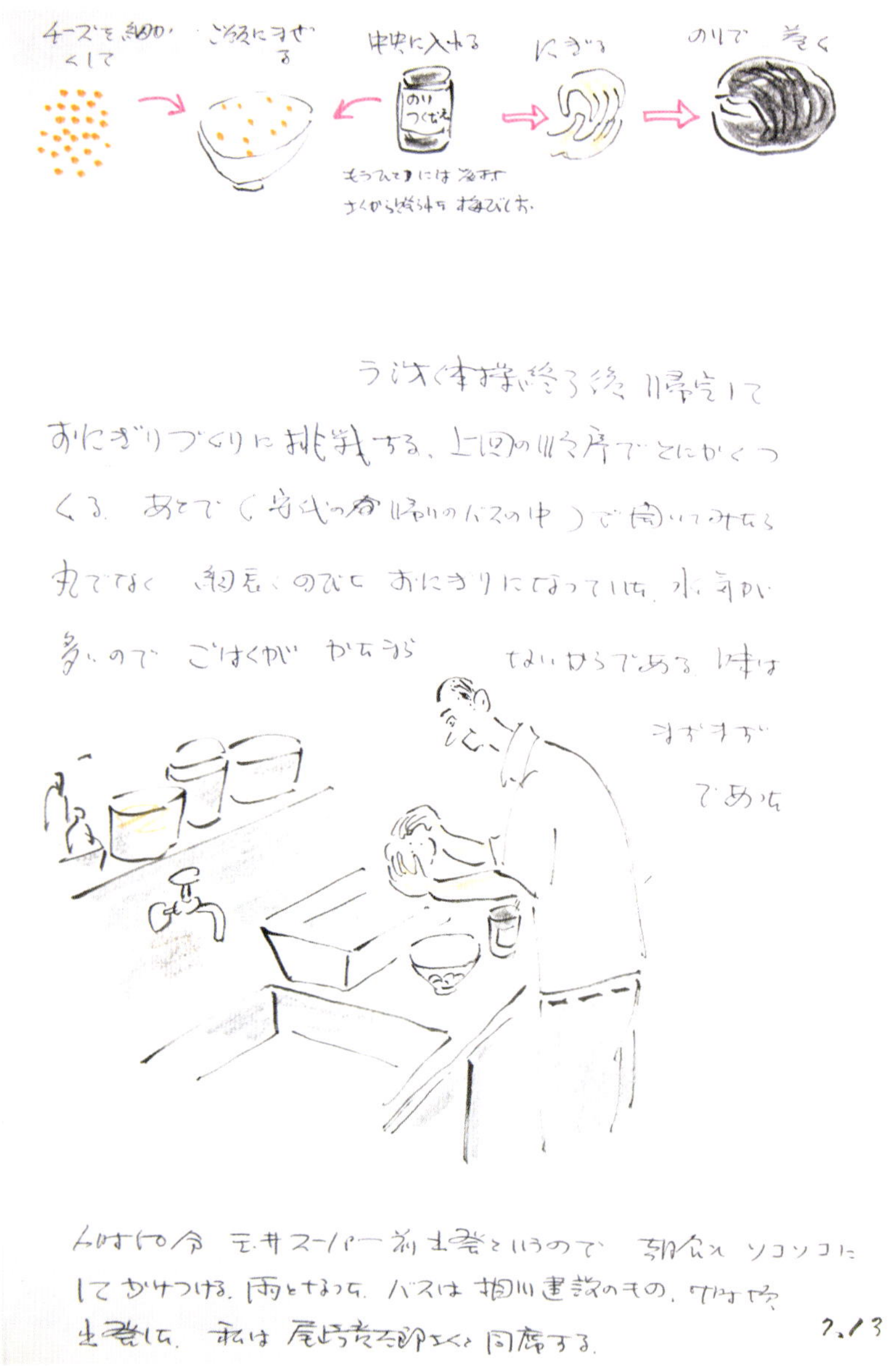

ラジオ体操終了後、帰宅しておにぎりづくりに挑戦する。上図の順序でとにかくつくる。あとで（バスの中で）開いてみたら、丸でなく細長くのびたおにぎりになっていた。水気が多いので、ごはんがかたまらないからである。味はまずまずであった。

一人、花を植える

これで少しは気も晴れるかな

昭和62年7月

晴　松山商会から花を買う。松山さんが、オランダ菊を５本無料サービスしてくれた。家に帰って植える。四季、花が見られるように、あっちこっちてんでバラバラに植えたのだが、さて、如何相成《いかがあいな》るのか？

かあさんに届いた郵便

おまえ、まだ生きているんだな

昭和62年7月

五所川原高校創立60周年記念事業として、女性3000円以上の寄付願いたいという内容。「かあさんこんなものが来たよ。お前まだ生きてることになっているんだよ。どうする？」

迎え火

迷わず帰っておいで

昭和62年8月13日

5時すぎ
表に 迎え火を 焚く
これで かあさんの 霊も 迷う
ことなく
わが家
に
来てくれることになる。聖子と良子の都合で 明日100日忌
今夜が お通夜である。四郎さん一家は3時頃到着した。
8.13

5時すぎ、表に迎え火を焚く。これでかあさんの霊も迷うことなくわが家に来てくれることになる。聖子《しょうこ》(長女)と良子《よしこ》(次女)の都合で明日100日忌。

送り盆

あの世でみんなを守って下さいよ

昭和62年8月21日

ではでは、ここで一句。
送り火に　名残を惜しむ
亡妻（つま）いとし

今日が送り盆。お墓参りのあと玄関前に送り火を焚く。
かあさん、あの世でみんなを守って下さいよ。

なぜ俺をのこして逝ってしまったの

気丈に振舞うにも限界あり

昭和62年12月14日

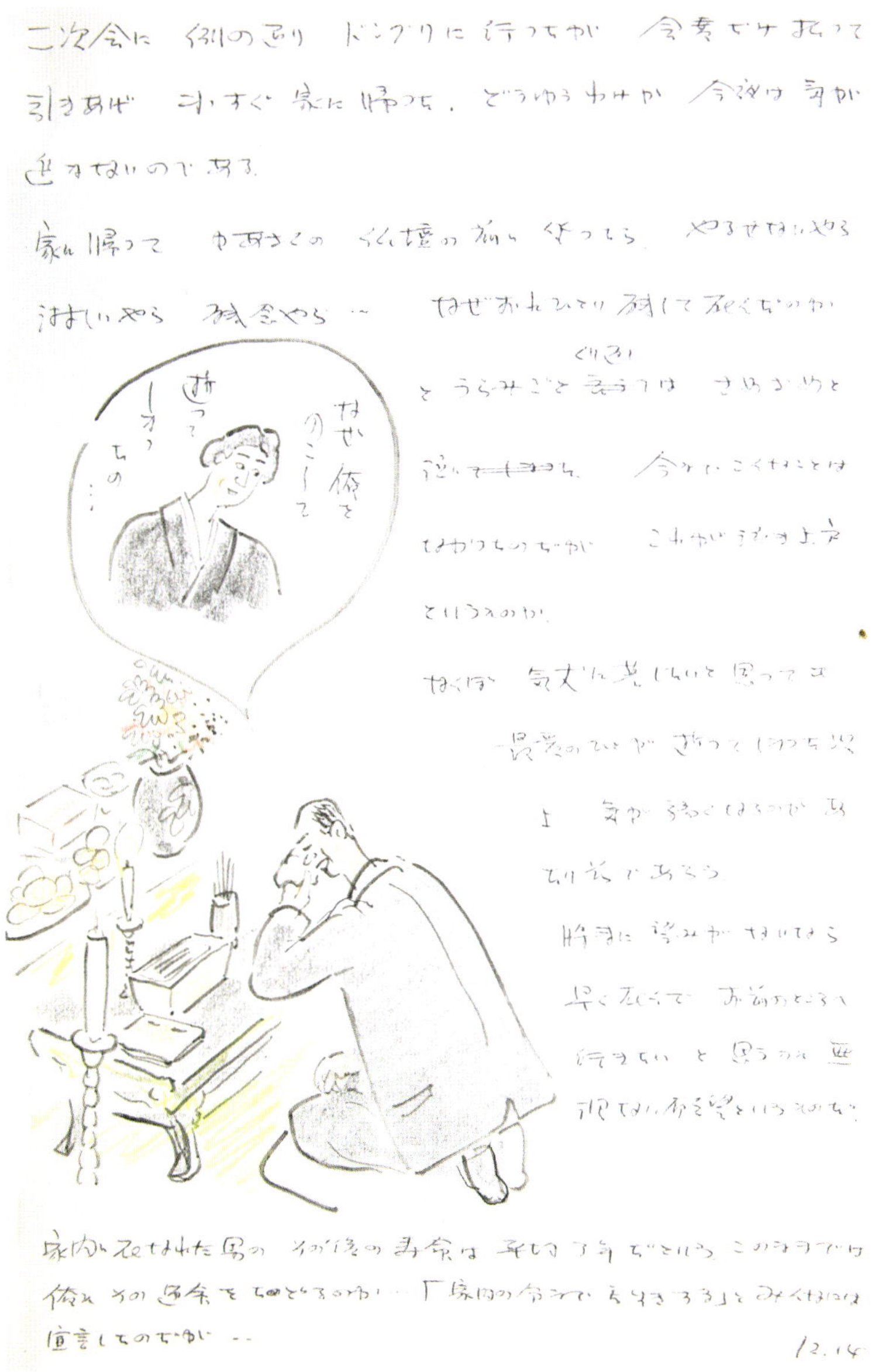
二次会に 例の通り ドングリに行ったが 金だけ払って
引きあげ まっすぐ家に帰った。どういうわけか 今夜は 身が
出ないのである。
家に帰って かあさんの 仏壇の前に 座ったら やるせないやら
淋しいやら 残念やら… なぜおれひとり残して死んだのか
と うらみごとくり《くり》返しては さめざめと
泣いた。 今まで こんなことは
なかったのだが これが 弱き夫
というものか。
なんぼ 気丈に暮したいと思っても
最愛のひとが 逝ってしまった以
上 気が弱くなるのが あた
り前であろう。
時間に 望みがないなら
早く死んで お前のところへ
行きたい と 思うのも 無
理ない本音というものだ。
家内に死なれた男の その後の寿命は 平均7年だという。このままでは
俺も その通りを たどるのか…「家内の分まで 長生きする」と みんなには
宣言したのだが…
12.14

なぜ俺を のこして 逝ってしまったの…

二次会に行ったが、金だけ払って家に帰った。家に帰って、かあさんの仏壇の前に座ったら、やるせないやら淋しいやら残念やら…。なぜおれひとり残して死んだのかとうらみごとくり返してはさめざめと泣いた。なんぼ気丈に暮したいと思っても最愛のひとが逝ってしまった以上、気が弱くなるのがあたり前であろう。

夢の中のかあさん

私の中ではいつでも元気だ

昭和63年2月29日

明け方、かあさんの夢をみた。床をぬけ出して外に買いものにゆくという。私は「お前は病人だから、俺がゆくからよい」と、とめるのだが、ちゃんと着物姿でそれは病人ではなくかつての健康であったかあさんの姿であった。病人とは申せ、その顔は健康当時のそれであったので、救われる思いであった。

障子の穴に月が……

風流を知った夜でした

昭和63年5月6日

朝 4時半頃 目がさめる 破れた障子の間から 月が のぞいていた まったく偶然の現象であった

雲間にぽっかり浮かんだ月とか見れば、穏やか～な気持ちになるべ？

朝４時半頃、目がさめる。
破れた障子の間から月がのぞいていた。
まったく偶然の現象であった。

一周忌法要もすませたのに

でも、もう少しおまえと一緒にいたかった

昭和63年5月31日

夜中にかあさんの夢を見た。縁側の方から入って来たのである。胸が苦しくて…帯をきつく結んだものだから…。
かあさんは両手をのばしていた。そして「手が冷たくて…」
夢はそれっきりであった。も少し続けていたらどうなったろうか。せっかく会えたのに残り惜しくてたまらない。
明け方また見た。水色の着物を着て私には気づかず前を通りすぎた。スマートな着物姿であった。
手が冷たくて
この場所はどこなのか
前かあさんの家のような気がする。
一周忌法要もすましたのに
まだ夢にあらわれるとは…。
5.31

夜中にかあさんの夢を見た。縁側の方から入って来たのである。胸が苦しくて…。帯をきつく結んだものだから…。かあさんは両手をのばしていた。そして「手が冷たくて…」。夢はそれっきりであった。も少し続けていたらどうなったろうか。せっかく会えたのに残り惜しくてたまらない。

お祝いのケーキ

楽しいことは何度繰り返してもいいもの

昭和63年6月4日

聖子母娘が来て、今夜はみんなですきやきパーテー。
私のため買って来た祝いケーキ、ローソク6本たて。
私が息吹き込んで一期に消ち、その瞬間をカメラ
にパッチリのつもりであったが、シャッターがおくれて、
ポーズだけ繰り返しと相成る。
パチ
パチ
パチ
この一瞬を!!

二十三年前、七十歳の誕生日にローソク消しか。全然覚えでねェけンども

聖子母娘が来て、今夜はみんなですきやきパーティー。私のため買って来た祝いケーキ。ローソク６本たて私が息吹き込んで一気に消す。その瞬間をカメラにパッチリのつもりであったが、シヤッターがおくれて、ポーズだけ繰り返しと相成る。

コラム

母さんへの手紙 その2

最愛なる母さんへ（正造じいちゃんから母さんへ）

昭和十九年四月、召集を受けた私は朝鮮で鉄道建設作戦にあたっていた。許可を得て七月にお前と同居できたのだが、終戦になり「鉄道隊は分駐せよ」という軍命令を受ける。「私はどこにゆくかわからない。お前は内地への便があったら帰れ」と言うて、身重のお前と京城駅で別れた。しかしお前は内地に帰るあてもなく、私を探すため列車に乗る。「新幕」から「沙理院」に移駐した私はその日、満州に帰る朝鮮人部下を見送るため線路に立っていた。そのとき、お前は私を見つけたのだ。もしお前が反対の席に座っていたら…。まさに奇跡の再会であった。運命とは本当に分からないものだ。その後私は身重のお前を案じて軍服を脱ぎ、引揚船で日本に帰った。帰宅して二週間目に長女が生まれた。あの奇跡がなかったら、私共の人生はどうなったか。近く私も逝くからなァ。今度は私がお前を見つけるてやる。だから待ってろよ、母さん。

平成二十三年九月三十日

竹浪正造

第七章 七十代、人生まだまだ大笑い

～ハゲ頭の光で世の中を明るくしよう～

平成元（1989）年2月～8（1996）年11月
正造じいちゃん、70～78歳の頃

頭の毛の薄くなった人たちを集め、「ツル多はげます会」を創立。まさにはげまして、はげまされる日々。ついに、ひ孫も誕生しました。

はげます会発足

笑いの絶えない日々が到来

平成元年2月22日

みんな大喜び。こんな会は初めてである。一年に2回でなく、3ヶ月に1回でも開いてほしいという声もあり。こんな会合に○○先生も出ればよいものを…。今度は△△を誘おうなど発言しきり。役場広報の秋庭さんが取材の約束だったのだが、他の所用で来れなくなったと電話があった。私がネタ提供を約束する。

記念撮影

もちろんフラッシュ不要！

平成元年2月22日

記念撮影となる。純子（本名は順子）は只おかしいとコロコロと笑いこげるのである。あんまり笑うので、オシッコもらしてるんでないかと思われるほどである。彼女は笑い上戸の傾向あり。

ひと足早い、私の誕生日

ねん土細工のプレゼントが嬉しい

平成元年5月27日

おたんじょうび
おめでとうございます

七十一歳の誕生祝い。毎年誰かに祝ってもらって、ワシは幸せもんだナ

ひと足早い私の誕生祝い。長男正浩の子どもたちがつくってくれたねん土細工の私の顔と花篭《はなかご》に入れたミニ造花。

梅の実

あま～い梅干作るぞ

平成元年7月25日

梅（アンズ）の実をとる。東側の枝になんぼかかたまってついていたが、あとはぽつりぽつり。枝にのぼってとれる分だけとってあとは竿でからんでおとす。りんごの篭《かご》に⅔位の収穫。

じいちゃんのコスプレ

シワの多いのが玉に瑕

平成元年8月

今年は女学生姿に変えさせられる。よく似合うというわけで階下につれて行かれ、両親にお目通りと相なる。二人とも大笑いする。
「この度は大へんお世話さまになりまして、あつくあつくお礼申し上げます」
バカにしわの多い女学生である。

また来年会おう！

かあさんとのやり取りも板についてきた

平成元年8月

今日は 送り 盆.
かあさん 又 来年会お…!!

今日は送り盆。かあさん、又、来年会お…!!

おじいちゃん、大ブレーク中

竹浪正造スケッチ展開催！

平成元年11月16日

10時すぎ、公民館にスケッチを展示にゆく。10数年前に描いたもので、この春、東北電広本社で、又夏にはみちのく銀行で展示したので、今回が三回目。与えられた場所は大広間。パネルは２枚。スケッチ35枚などを、パネルの裏表を使って展示。小野寺館長と瓜田さんが手伝ってくれた。一旦帰ってカメラを持参。うつす。

ひとり暮らし

平成2年2月4日

ひとり、洗濯物を干す

十一時近くに帰宅。荷物や土産など整理する。洗たく機を使って洗たく。氷もとけて、異常なし。たまっている日誌を描く。

平成2年6月4日

ビール一本の誕生祝い

朝早々、長女聖子《しょうこ》の娘たち、有紀と千春から誕生祝いの電話があった。次女良子《よしこ》からは葉子（良子の長女）のメッセージ入りの電話。正浩の方からは八時すぎに、春枝（正浩の妻）と子どもたちがお祝いの電話をよこした。満七十二才、ひとりで祝う誕生日。そばに誰かがいれば……と思う。

ほころび放題の丹前

焼けば歴史の煙が立ち昇る

平成2年3月

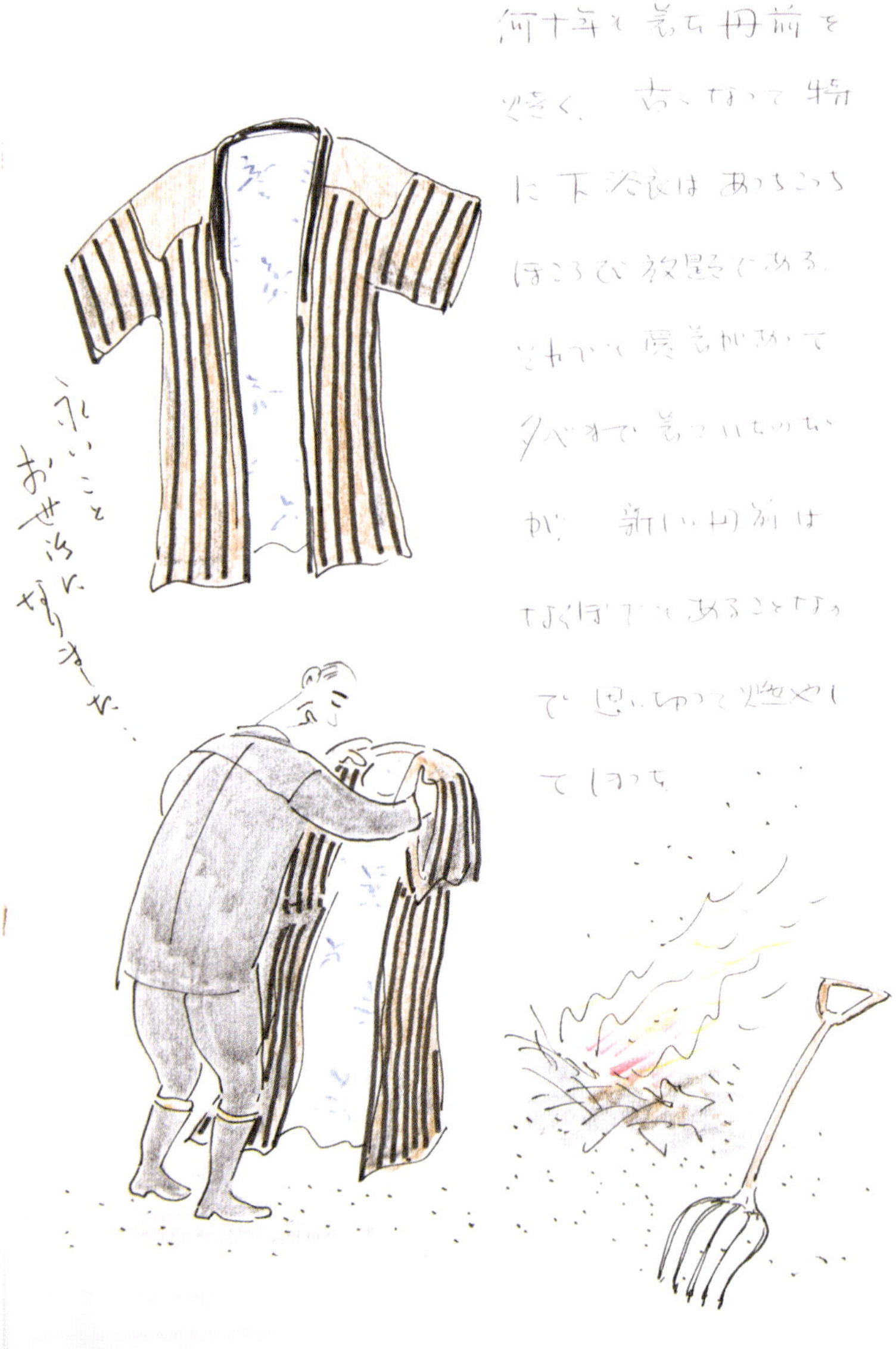

何十年も着た丹前を焼く。古くなって特に下浴衣はあっちこっちほころび放題である。それでも愛着があって夕べまで着ていたのだが、新しい丹前はなんぼでもあることなので思い切って燃やしてしまった。永いことお世話になりました。

娘に流してもらう背中

「流し甲斐がありましたよ」と、娘言う

平成2年3月18日

流し甲斐が
ありましたよ

よく聖子がワシの背中を流してくれだ。今はそれも叶わねけンども

風呂を沸かして、聖子に背中流して貰う。実は昨日そうするつもりであったが、甥のまっちゃんの母さんが、千春の入学祝いを届けに来、聖子と話し込んでいたので、できなかったのである。

たまには目の保養

豪華絢爛の台湾ショー

平成2年9月27日

9時から大ホールで台湾ショーが行われるというので、目の保養にとカメラを持って見にゆく。中央の席はどこかの老人クラブの団体が占めていて、両側は誰も居らず、私が座った。飲みものの注文をとりに来たが、あとでと断る。始まるころわが仲間も数人来た。ダンサー9人、豪華けんらんだ。充分目の保養をした。勿論タダ。

真っ赤なセーター

こんなお年玉も嬉しい

平成3年1月1日

ある女性からお年玉。元日配達郵便の郵パック届く。あけてみたら、彼女手編みのチョッキ。先日貰ったセーターよりまだ赤い。年とったら原色のもの身につけてせいぜい若返りにつとめること…。ありがたいお年玉であった。

かあさんは、今なお私の心に生きている

平成3年1月28日

太りぎみのかあさん

かあさんの夢をみる。ちょっと太りぎみで、素足であった。上のほうからふわりおりて来た感じ。懐かしい言葉を交わす間もなく、また抱擁する間もなく消えてしまった。不思議なもので、夢で他の女をみることは絶対にない。

平成3年7月13日

お墓に花をたむける

空きカンに花を生け、お参り。花立てが雪でこわれてしまい、花を立てるにもお茶の空きカンを利用するしかないのである。２品頼んであるのだが、お盆まで間に合うのかどうか。

青森ねぶた

日本一の火祭りだ

平成3年8月5日

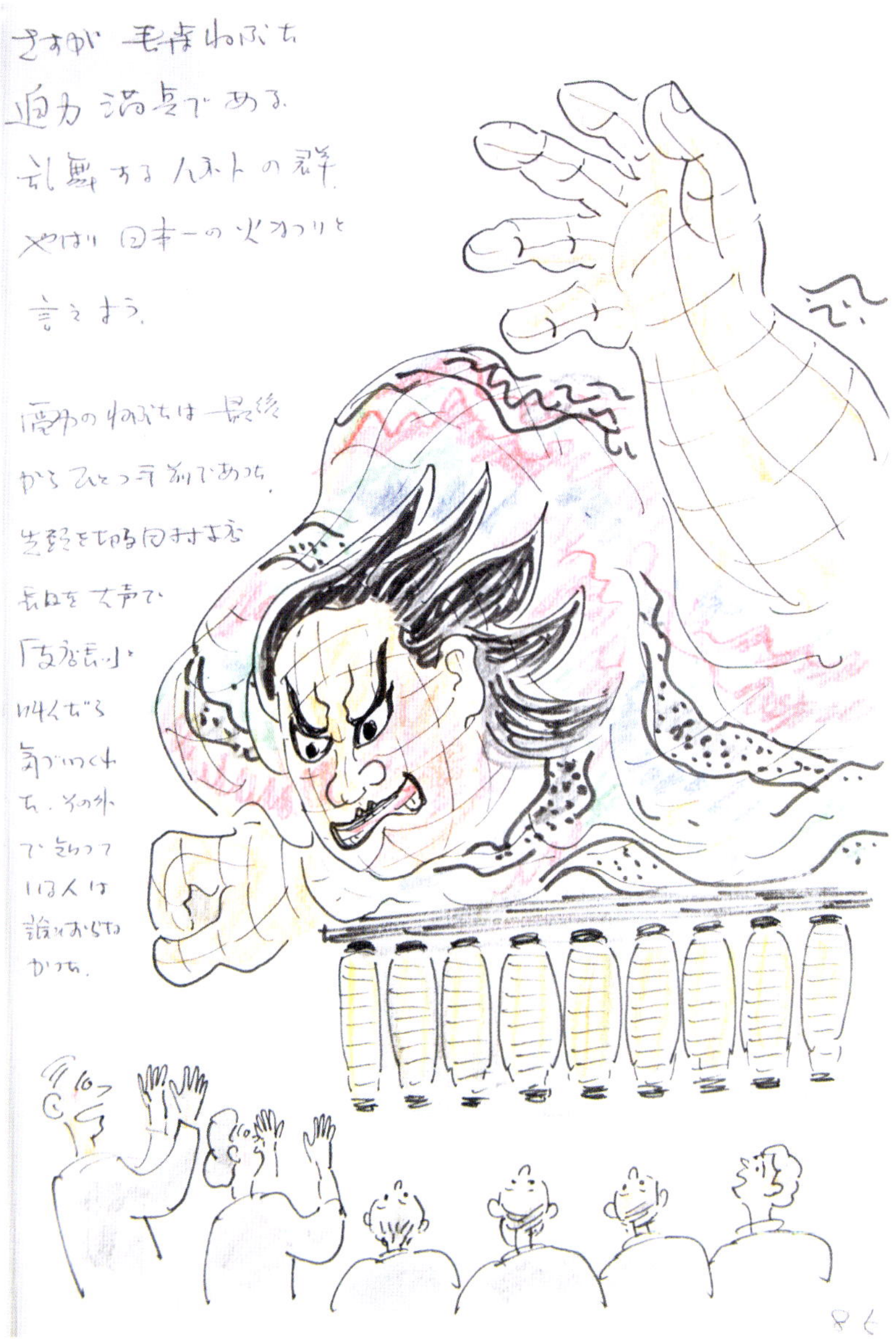

さすが青森ねぶた、迫力満点である。乱舞するハネト（踊り手）の群。やはり日本一の火まつりと言えよう。（東北）電力のねぶたは最後からひとつ手前であった。先頭を切る田村支店長を大声で「支店長」と叫んだら気づいてくれた。その他で知っている人は誰もおらなかった。

ひ

孫誕生

娘は四十五歳でおばあちゃんに

平成3年8月12日

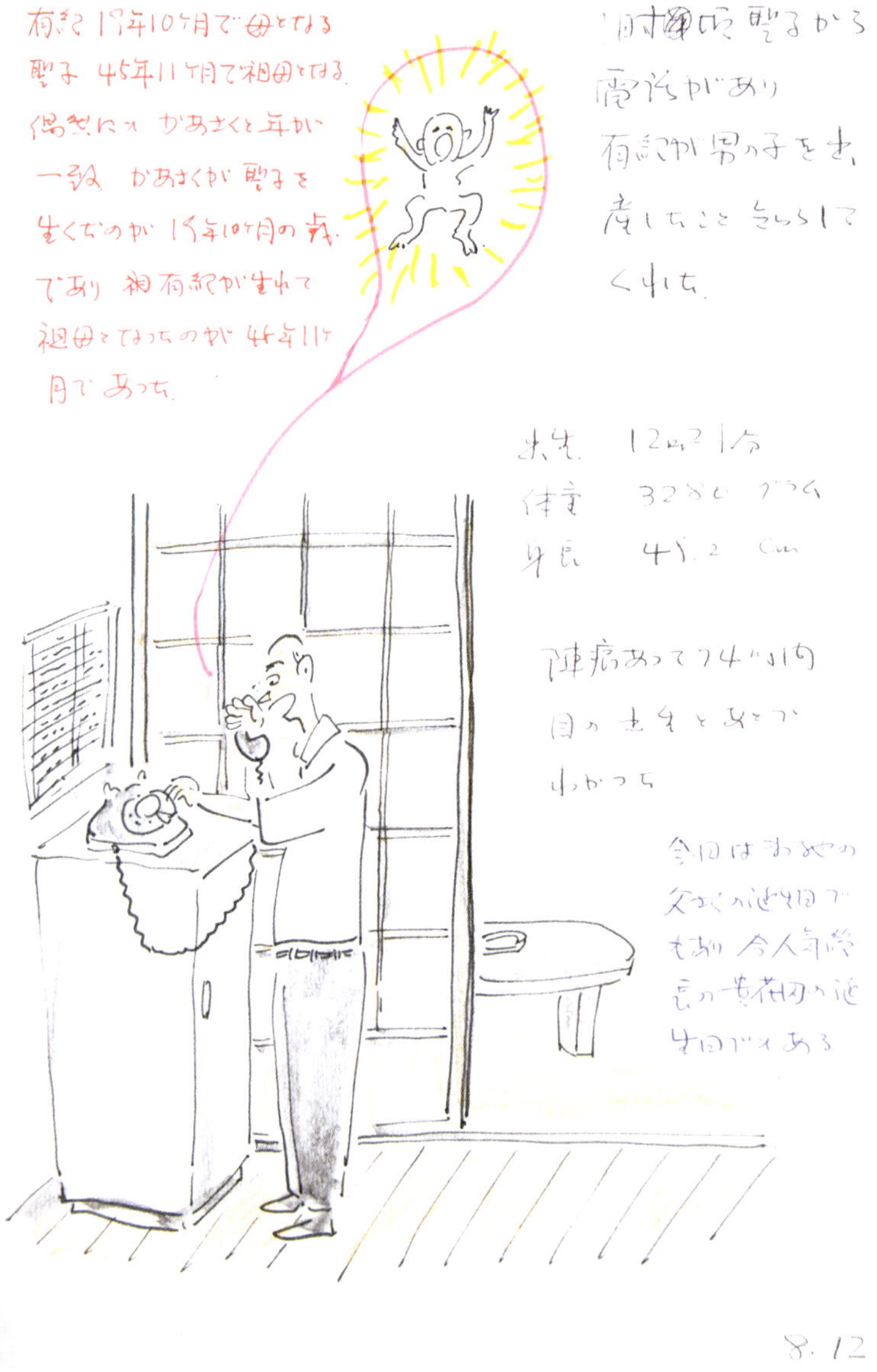

1時頃、聖子から電話があり、有紀が男の子を出産したこと知らせてくれた。有紀19歳10ヶ月で母となる。聖子45歳11ヶ月で祖母となる。偶然にもかあさんと歳が一致。かあさんが聖子を生んだのが19歳10ヶ月の歳であり、有紀が生まれて祖母となったのが45歳11ヶ月であった。

オムツ換えの思い出

赤ん坊のウンチはビスケット

平成4年1月3日

聖子が拓クン(有紀の長男)のババ(ウンチ)の始末。暖かいタオルでお尻をふいてやる。有紀が赤ん坊だったとき、かあさんは私のタオルで有紀のお尻を拭いたので抗議したら「きたねもだな、ビスケットみたいなもだでば（汚いことがあるもんですか。ビスケットみたいなものよ）…」と云うたこと、聖子が有紀に話して聞かせる。

ツルッパゲの会、注目を浴びる

平成4年3月

はげます会、ただいま全国に中継中！

ATV
ATV
只今 全国に中継中 12時40分～50分迄

平成4年10月1日

吸盤綱引き、これで流行るかな？

ツルリン村有多毛の夕
ハッケヨイ
ノコッタ
ノコッタ

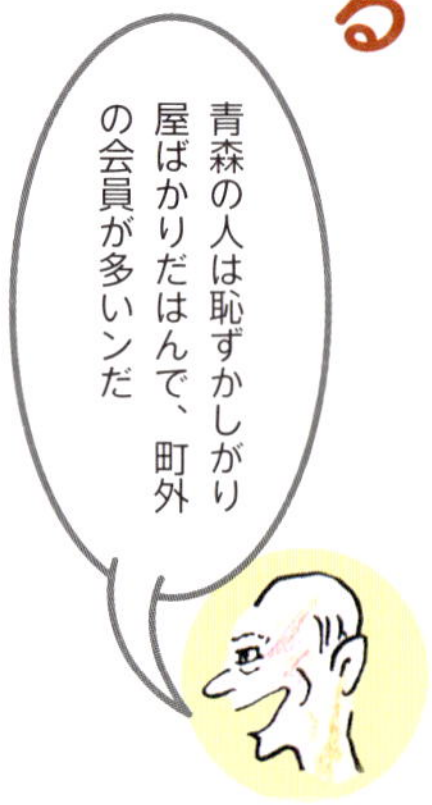
青森の人は恥ずかしがり屋ばかりだはんで、町外の会員が多いンだ

テレビ局のスタッフ８人は、カメラなどセット中。ところが我が方肝心の大物たちが来ていない。電話してようやく三人が来てくれた。なんとか面目をほどこして撮影スタート。

ある幸せ家族の風景

孫のお酌で娘と飲むビール

平成4年8月6日

約２時間でねぶたが通り過ぎる。まっちゃん（甥）の父さんたちと別れ、私は聖子とタクシーでアパートへ。途中酒屋に寄ってビールを仕入れる。アパートでは千春と猫のようちゃんが留守番していた。千春にお酌して貰い、ビール、聖子と二人で飲む。酔うた。千春は昨年はハネト（踊り手）に出たが、今年は受験があるので、やめた。

孫に、ひ孫に、大賑わい

平成6年5月4日

すべり台、私もやってみた

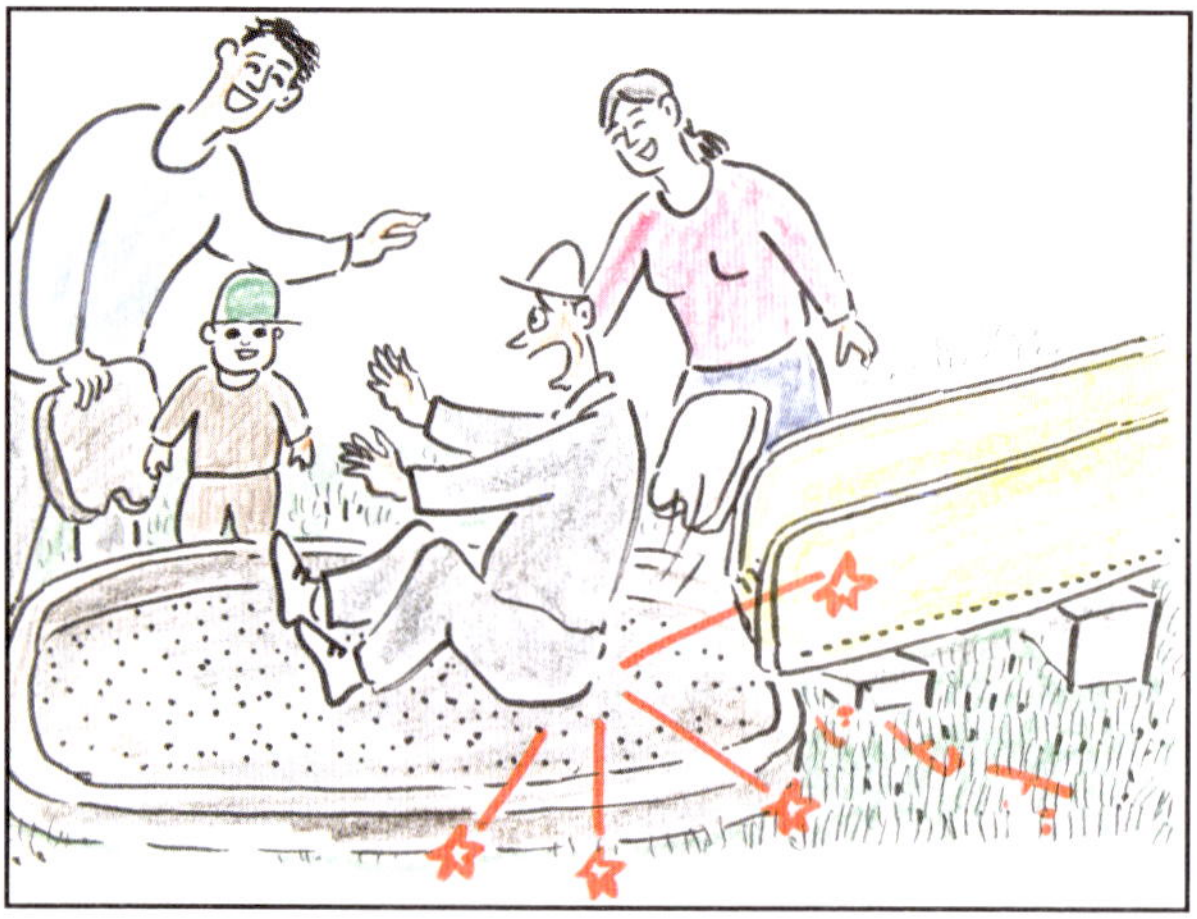

すべり台で遊ぶ。私もやってみた。スリル満点である。子どもたちは平気な顔してすべっているが、こわい感じ。最後ドシンと砂場にお尻をつき、ズボンを汚す。初めての体験だが、思うようにいかないもんだ。

千春、二十才の誕生日

ご馳走作り、ケーキを買って、聖子や有紀たちとお祝いする。まずワインで乾杯。拓クンは、写真撮られるときはいつもVサイン。

ちーちゃんのお誕生祝ってかんぱい〜〜
ピカッ

平成7年6月3日

親・子・孫、共通の遊び場

おじいちゃんのお山。「親（聖子）・子（有紀）・孫（拓）の三代にわたって遊ばしてもらった」と、有紀が笑う。

平成7年8月13日

「聖子ばあちゃんのお母さんだよ」

朝食後、みんなで墓参りする。かあさんは拓クンを見てくれているだろうか。

軒下に干柿

食べてくれる人のいる、ありがたさ

平成8年11月23日

そんなに食べるわけではないが、もったいないので、干柿づくりする。30数コ皮をむいて小屋の軒下につるす。数年前相当つるしたが、殆ど食べずじまいであった。昨年からお向かいの共一《ともいち》さんところにやったら、おいしくいただいたという。まだ沢山なっているので、今年も共一さんのところにあげることにしている。

第八章

正造じいちゃんの、今

〜母さん、俺まだそっちには行けないよ〜

平成14（2002）年6月〜23（2011）年6月
正造じいちゃん、84〜93歳の頃

家族はもちろん、ご近所さんや友人など、たくさんの方に支えられながら一人暮らしを続けています。絵日記はまだまだ更新中です。

かあさん
俺まだ
行けないよ
待ってろな
帰ってから 仏経のテープ探したらあったので
をかける

生まれて初めてパソコンに挑戦

マウスの操作が難しい

平成14年6月

これで操作するのだが うまく矢印あわせられない

東北電広社を訪ねる。支店長不在で、森川さんと聖子《しょうこ》（長女）が居た。聖子が「父さん、パソコンやってみないか」という。生まれて初めての挑戦である。文明の進歩、よくできたものだと感心したが、私としてはこれからもやる気がない。これ(マウス）で操作するのだが、うまく矢印あわせられない。

今年のまんが絵日記を整理する

足場がグラついて倒れたら大変！

平成14年12月29日

年末まであと3日と迫った。片付け開始。平成13年の絵日記、これまで手元に置いていたのを、梱包して小屋に入れた。棚の下２段は既に４年分置かれているので、上段にのせることになる。日誌の他になにかと（新聞の切り抜きなど）入れてあるので、相当の重量。一回目失敗したが、二回目でどうにかのせることができた。

アイロンでじゅうたんをこがす

まさか、こげるとは思わなかった！

平成15年1月30日

今朝 大失敗してしまった 寝ながら ティシューペー
パーとろうとして おしっこの入った しびんを倒してしまっ
たのである じゅうたんにおしっこがひろがってしまった
大あわてで しびん包んでいる布でふき このあと更に雑巾
がけした じゅうたんを乾かすため 小型アイロン通電して
置いた アイロン台は石綿だとばかり思っていたし こげる
ことがないと信じていたのだが 気づいてみたらなんと
じゅうたんがこげていたのである
これで この秋は新しいじゅうたん敷くことになって
しまったようだ
1/30

大失態。寝ながらティッシュペーパーをとろうとして、おしっこの入ったしびんを倒してしまったのである。大あわてでしびんを包んでいる布でじゅうたんをふき、このあと更に雑巾がけした。じゅうたんを乾かすために　小型アイロンを通電して置いた。が、気づいてみたら、なんとじゅうたんがこげていたのである。

ひ孫の香乃ちゃん、初見参

子どもはやっぱり宝物である

平成15年5月3日

おじいちゃん だっこして みて…
曽孫初見参

今やひ孫も七人に。ひ孫たちが集まると、それはそれは賑やかだもんだョ

9時すぎ、千春（長女聖子の次女）夫婦が来る。曽孫の香乃ちゃん、12月８日生まれで５ヶ月。初めて対面した。だっこしてみた。宝ものである。

十七年目の命日

かあさん、俺はまだ生きているよ

平成15年5月13日

5月13日、かあさんの17年目の命日である。昨日買い置きの花をもって、墓参りした。昨年は少し早め（10日早めて5月3日）に、17回忌法要をすましている。もう17年も過ぎたのである。早く逝ってふびんでならない。それも寿命とは、誰も予測できなかったことである。

かあさんの帽子、最後の見おさめ

ずっと納戸にかけてあった二つの帽子

平成16年12月3日

強風で、相当数の杉の葉っぱが落ちていた。午前中、それをかき集めて２ヶ所で燃した。以前、強風が２回もあって燃やしたが、まだまだ大量の枯葉が残っていたのである。この際にと、かあさんの帽子２つ燃した。いつも納戸にかけてあるのだが、もはや無用なのである。

聖子、母さんと早くも再会

どちらも逝く年、六十二歳

平成18年5月6日

昭和20年8月 北朝鮮から38度を越えて南朝鮮
に脱出したとき 聖子はかあさんのおなかにいた。曲折さ
さて9月8日帰宅 約2週間後の23日誕生したのである。
19年前
昭和62年
5月13日
死去
お前も来たか?
平成十八年5月5日
死去
どちらも
行年
六十二歳
5/6

平成18年 5 月 5 日、聖子急逝。

まさか母さんと同じ六十二歳の五月に娘が亡くなるとは……

平成18年5月11日

葬儀を終え、埋骨。聖子、これでかあさんと18年振りに会うことになった。

再会

平成18年6月22日

11時から聖子の49日忌明け法要を行った。法要後は昔語りし、会食した。私もこれでひとくぎりついたというものである。

「今度は来年五月五日、迎えるからな」

先に行って 母さんと 待っているから それまで 達者でな
今度は来年 五月五日 迎えるからな

私はママが大好きだ
私も竹浪さん大好きよ
27日夜の告白
入浴から帰って夕食の準備していたら ママから電話が入った。何回も電話入れたが留守だったという（映画見に行っていたのである）
明土曜日開店するかどうか 川柳の句会があるので開店していたら途中寄るつもりだ。当日「津軽弁の国の例会もあるのでどうしようか今のところ迷っている。はっきりしたら電話するから」ということだったのである。
私は31日の日記に書いた通り 27日のママの告白は本当ではなかったことがわかり。そのこと云うたらママは言うた記憶がないという。相当酔っていたのか。今まで通りの気持ちでいるから来て下さい……ということで
私の心のわだかまりは消えた
ヤレヤレという気が晴れた気持ちである
三日はどうしても津軽弁の国例会に行かなければならなくなり休店した
日曜日午后4時頃から開店するから寄って下さい ということで電話を切った
2/2

フラれて消えた、心のわだかまり

正造じいちゃん、八十八歳の恋

平成19年2月2日

入浴から帰って夕食の準備をしていたら、ママから電話が入った。何回も電話を入れたが留守だったという（映画を見に行っていたのである）。先月27日のママの告白（「私も竹浪さん大好きよ」という言葉）は本当ではなかったことがわかり、そのことを云うたらママは言うた記憶がないという。相当酔っていたのか……。

卵を運ぶ、蟻の道

蟻が長い長い道のりを、迷わずに往復していた

平成20年6月21日

蟻の道
蟻が卵を運んでいる。どこまで運んでいるのだろう

早起きしてウォーキング。今では常連10人位のものである（旅行期となると増えるが）。途中、蟻がタマゴでも運んでいるのか、往復しているのを見た。脇にそれることもなく、約30mの道を迷わずに往復しているのだ。

私の十八番、これで踊り納め

足を痛めて自信喪失

平成22年7月7日

小野デンキのおかっちゃんに手伝ってもらい、衣装替えして「支那の夜」を踊った。畳がブヨブヨしている関係もあったかも知れないが、足に重みを感じ、今までのように軽快に踊ることが出来なかった。自信がくずれ、92歳の踊りどめとなってしまった。

せっかく夢で会えたのに

二十数年ぶりに会ったのだから……

平成22年8月29日

どうか？
ここは病院だから……
白いマット
家内の夢を見た 母の夢は見たこともあるが 家内は今まで見たことがない。お互い白装束であった。
折角 20数年振りで会ったのだから sex どうかと声かけたが「ここは病院だから」とことわられた。
勿論 この続きはない 夢に終ったのである
8/29

家内の夢を見た。母の夢は見たこともあるが、家内の夢は最近見ていない。お互い白装束であった。折角20数年振りで会ったのだから「sexどうか？」と声かけたが、「ここは病院だから」とことわられた。勿論《もちろん》この続きはない。夢に終わったのである。

三月十一日、東日本大震災

こんなことは生涯にあっただろうか

平成23年3月11日

日記に玄関の様子を描くため土間に降りたら、大きな揺れが数分間続いた。万が一を考え、玄関の扉を開ける。停電にあい、電話も不通。わが家だけかと思って向かいの佐藤さん宅訪ねたら、やはり停電であった。

近所の方々が心配してかけつけ、私の無事を確認してくれた。有紀《あき》（長女聖子の長女）もかけつけてくれ、ローソクたててイカをさばいてくれた。ローソクでの夕食。ご飯はチーンするわけにいかず、鍋に移しておかゆを作る。イカの半分と、いただきものの大根とキュウリの漬け物は、有紀にもたせてやった。

平成23年3月13日・14日

仙台に住む次女良子《よしこ》宅はいまだ電話が通じない。家屋に被害を受け、避難しているものか、誰かが怪我をして入院しているのか。心配でたまらない。

翌日十時ごろ、良子から電話あり。まだ停電中なので借りての電話らしいが、無事だという。私は仙台の一家を気にかけていたが、先方としては一人暮らしの私の身を案じてくれていたようだ。家は高台にあるから浸水はなく、ガラスが何枚か割れた程度だったという。もう心配することはなくなり、ほっとした。

「ナニコレ珍百景」で、絵日記が紹介されることに

日記の入ったダンボール箱を撮影

平成23年4月16日

平成20年
2008
平成21年
2009年
平成22年
2010年
4/16

いよいよ日記の現物を紹介するというシーンを撮ることになった。小屋の棚には、昭和30年から平成22年まで、年毎のダンボール函に詰められた日記が並んでいる。

この本を出せだのも、この日ナニコレさんが撮影してくれだおかげだナ

やつ目うなぎを調理してみた

ヌルヌルしていて、そう簡単ではない

平成23年4月16日

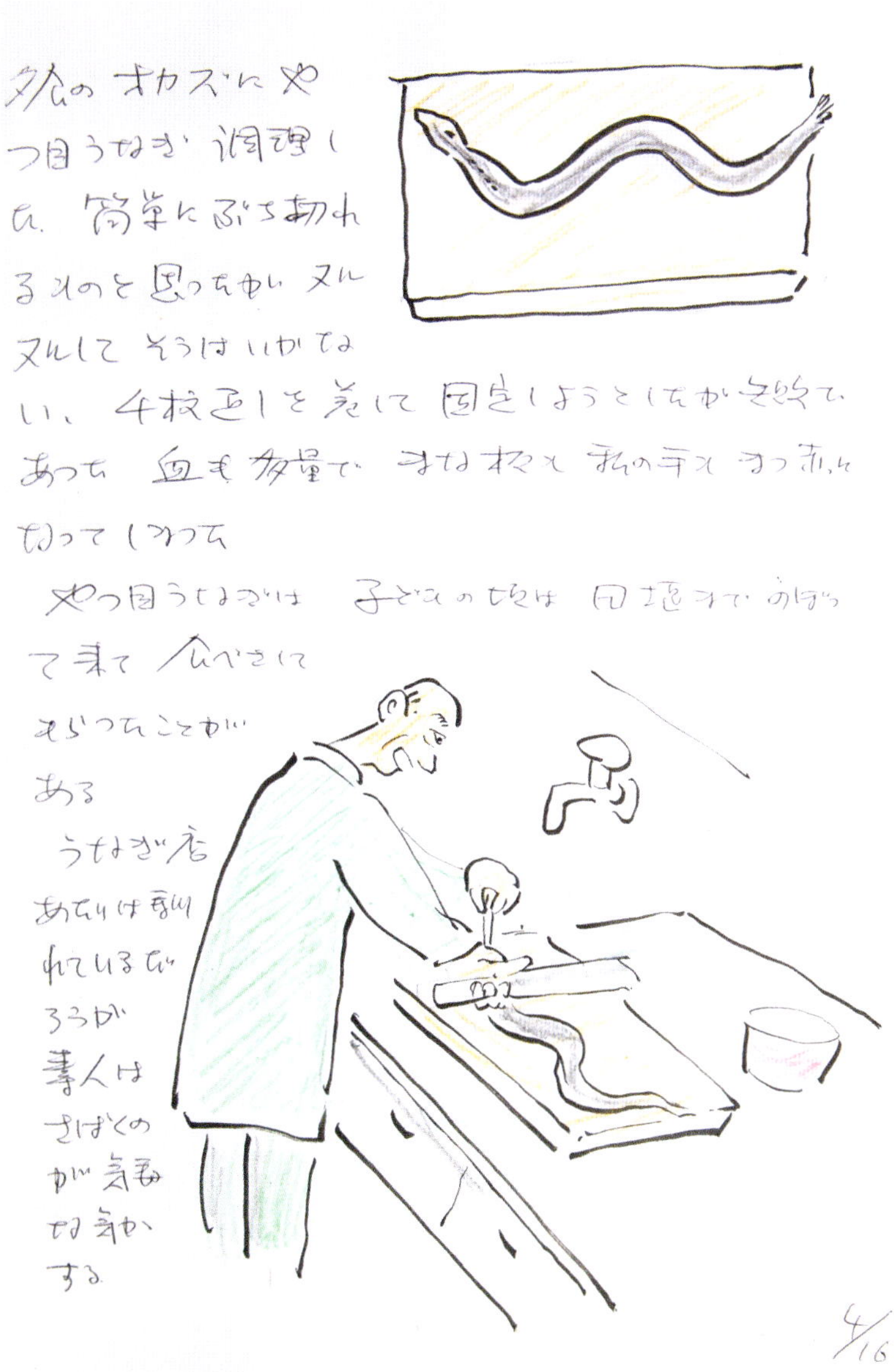
夕食のオカズにやつ目うなぎ調理した。簡単にぶち切れるものと思ったがヌルヌルしてそうはいかない。千枚通しを差して固定しようとしたが失敗であった。血も多量でまな板も私の手もまっ赤になってしまった
4/16

夕食のオカズにやつ目うなぎ調理した。簡単にぶち切れるものと思ったが、ヌルヌルしてそうはいかない。千枚通しを差して固定しようとしたが、失敗であった。血も多量で、まな板も私の手もまっ赤になってしまった。

気になることは、数あれど

なにごとも無理せずマイペースに

平成23年4月18日

外の洗たくもの干しの柱が傾いている。引っぱっているロープをゆわいている木をたたいて固定する。ついでに草刈してみた。雑草は生長が早い。この作業も永続きせず、やめた。なにごとも無理せずマイペース。年令を考え、マイペースというわけだ。

九十三歳の誕生日祝い

川柳仲間とハッピーバースデー

平成23年6月4日

句会が終わって、私の誕生日祝いを兼ねた懇親会となる。私の前にケーキ置かれる。そのローソク立てが93を形どったもの。立てたローソクの灯を吹き消すのである。93は食べられるものと思われる。造花も贈られ、記念写真を撮ってくれた。ご馳走盛りたくさん。川柳の日と誕生日がかち合ったため、幸いしたというわけだ。

おわりに

〜正造じいちゃん（九十三歳）と
正浩（五十九歳）の会話より〜

正造じいちゃん（以下、じいちゃん） 子どもの頃の正浩は、とにかくイタズラ小僧で……。

正浩 まったく記憶にございませ〜ん！

じいちゃん 正浩の無邪気な暴れん坊ぶりはマンガのネタになりそうだから、その様子を残しておこうと描き始めたのが、「まんが絵日記」の始まりだはンで。

正浩 今こうして本になったのを読んでみても、三歳の頃のことなんか全然覚えてないよ。

じいちゃん ワシも全然覚えてねぇンだ！

正浩 自分で描いたってぇのに。

じいちゃん 描いたら描きっぱなしだもンで。とにかくページを消化していく、という考えで、今まで描き続けてきたもンな。

正浩 仕事していた頃は、帰ったら晩酌して、寝る前には必ず机に向かって描いてたよね。

じいちゃん　あの頃はカメラを持ってなかったから、いつもノートと鉛筆を持ち歩いてた。絵やマンガは「記録」だったから。だけど、子どもたちが成長してからはネタもないし、仕事も忙しかったから描く暇もなくなってナ。

正浩　でも、描くことがない時も新聞の切り抜きを貼り付けて、スクラップにしてたよね。

じいちゃん　ネタがなくても毎日続けなきゃいけないっていう使命感があるもんだから。

正浩　ある意味、中毒なんだよな。絵日記中毒（笑い）。でもまさか九十三歳になって、それが本になるなんてね。

じいちゃん　昭和四十八年に自費出版で漫画集を作ったことはあったンだばて。千三百部発行して、今は手元に一冊しか残ってねぇな。

正浩　今回は全国の本屋さんに並ぶっていうんだから。人生、何が起こるか分からないもんだ。

じいちゃん　これもすべて、このハゲ頭のおかげだナ。

正浩　いや、それは全然関係ないかと。ハイ、ここはひとつ、マジメにお願いしますヨ！

じいちゃん　それでは改めまして。この本を出してくれる廣済堂出版さん、そのきっかけを作ってくれたテレビ朝日さん、なにかとお手伝いしてくれた甥の正顕さん（まっちゃん）、そしてこんなハゲ頭に生んでくれた親に、心から感謝しております。……ワシと違って兄は髪フサフサだもナ。気の毒に。

正浩　だからそれは関係ないってぇの！

竹浪 正造（たけなみ・まさぞう）

大正７（1918）年6月４日、青森県北津軽郡鶴田町に生まれる。昭和11（1936）年、旧県立木造中学校卒業。翌年、満州鉄道入社。その後、関東軍に入隊し、昭和20（1945）年9月、北朝鮮より復員。昭和21（1946）年より東北電力、昭和50（1975）年より東北電広社に勤務し、昭和62（1987）年退職。また、鶴田町議会議員（４期、16年10ヵ月間）、鶴田町内会長（16年間）など数々の公職を歴任。勲六等瑞宝章、鶴田町文化奨励賞、瑞宝双光章など、表彰多数。平成元年、ツル多はげます会を創設。昭和30（1955）年より書きはじめた絵日記を現在も継続中。

企画協力：テレビ朝日「ナニコレ珍百景」／制作協力：山田由佳・光井美佐子・光井淑子／編集協力：はたいゆみ／装丁・レイアウト：長谷川理（フォンタージュギルドデザイン）／カバー写真：酒井一由／ DTP 制作：三協美術／制作進行：川崎優子／企画・編集：戸田雄己・白井秀明（廣済堂出版）

はげまして はげまされて

93歳正造じいちゃん56年間のまんが絵日記

2011年10月20日　第1版第1刷
2011年12月５日　第1版第7刷

著者　竹浪 正造
発行者　清田 順稔
発行所　株式会社 廣済堂出版
〒104-0061　東京都中央区銀座3-7-6
電話　03-6703-0964（編集）
03-6703-0962（販売）
FAX　03-6703-0963（販売）
HP　http://www.kosaido-pub.co.jp
振替　00180-0-164137
印刷・製本所　株式会社 廣済堂
ISBN 978-4-331-51581-5 C0095